ANNE GOLON

MASTER KOUKI

Editions Delérins

ANNE GOLON

alias

JOËLLE DANTERNE

MASTER KOUKI

Editions Delérins

Copyright : A. I. Mars 1997
Editions Delérins 111, La Croisette. 06400 CANNES
pour Livre et Image Inc. (Québec)
Tél. : 04 93 43 09 09 Fax : 04 93 43 09 18
Minitel : 3615 Code Smoking 1,29 F la minute TTC
Adresse E. mail : Delérins @ alcyonis. fr

ISBN 2-911944-01-1

A mon frère Maxime

BIOGRAPHIE DE l'AUTEUR

Quand en 1946 paraît Master Kouki, Joëlle Danterne, la future ANNE GOLON, a vingt-six ans et déjà derrière elle huit années d'une carrière d'auteur bien remplie sous les pseudonymes d'Anne Servoz, Joëlle Danterne, nouvelliste, scénariste, assistante metteur en scène, fondatrice d'un magazine et auteur de cinq livres, salués par la critique et aimés par le public de tout âge.

Tant en littérature qu'en cinéma, ses pairs aînés tels Maurice Bedel ou Marcel Aimé la reconnaissent comme une plume remarquable et une mine d'imagination.

Anne Golon est née à Toulon.

Petite fille à Cherbourg, elle écoute avec passion son père, officier de marine, le Commandant Changeux lui conter ses campagnes du Tonkin, de la Cochinchine ou de Madagascar. Ces pays lointains ont inspiré ses rêves d'enfant, qui dans l'Exposition Coloniale verra l'apothéose d'un monde à la fin prochaine ; un monde dont les deux seuls maîtres étaient alors l'Angleterre et la France.

Écrit au sortir de la guerre, **Master Kouki** représente la couleur et déjà la nostalgie de ce monde en transit. Il sera un best-seller.

En 1948, Joëlle Danterne a le « Prix de la Rigaudie » (un prix très coté pour la littérature destinée à la jeunesse). De quoi acheter un billet d'avion pour Brazzaville et larguer les amarres. Partie en reporter indépendante, elle y rencontre celui qui deviendra son mari : Serge Golon, un ingénieur géologue russe au destin peu ordinaire, qui a vécu de Perse en Chine, jusqu'en Afrique où il travaille depuis plus de quinze ans. Il a aussi publié un livre de souvenirs d'enfance.

De retour en France celui-ci ne retrouvant plus de travail, Anne Golon écrit des articles, trois livres avec pour cadre l'Afrique, met en forme certains souvenirs de Serge qu'il va placer dans les journaux.

En 1950, à Versailles, elle entreprend la rédaction d'un grand roman historique dont elle ne sait pas encore qu'il sera suivi de douze volumes et partagera désormais leur vie : l'histoire d'une femme sous le règne de Louis XIV. Serge l'aide dans ses recherches historiques.

« ANGÉLIQUE » parait en 1956 en Allemagne sous le nom d'Anne Golon, et un an plus tard en France sous celui d'Anne et Serge Golon, l'agent littéraire ayant exigé un nom d'homme "pour faire plus sérieux" (sic !). Tels ils seront donc, liés à la vie à la mort à celle qui deviendra, à travers le monde, la représentation mythique de la femme, belle, généreuse, héroïque et vulnérable, comme toutes les femmes de tous les siècles à travers les écueils de la vie : « Angélique, la Marquise des Anges ».

Le succès est immédiat et phénoménal, à la hauteur de l'œuvre.

Six volumes sont parus, traduits en 27 langues, et les lecteurs se comptent par millions lorsqu'en 1964 sort sur les écrans le premier film d'Angélique qui, quoique fort librement adapté du livre, connaîtra avec ses suivants un beau succès.

En 1967, Anne Golon ayant fait fuir Angélique vers les Amériques, avec des huguenots de La Rochelle poursuivis par les dragons du Roi, Anne et Serge partent sur place étudier les parcours des coureurs de bois, la complexité des tribus indiennes et des rapports entre Anglais et Français du Grand Siècle. « Angélique et le Nouveau monde » sera le premier roman historique à révéler les débuts de l'Amérique du Nord moderne, à décrire avec autant de vérité les côtes du Maine et le Canada d'alors.

En Suisse où ils habitent avec leur quatre enfants, Serge Golon a commencé une carrière de peintre et des recherches de chimiste sur les couleurs et la lumière. Il s'y consacre entièrement à partir de 1968, tandis qu'Anne Golon écrit « La Tentation d'Angélique » et « Angélique et la Démone ».

Serge Golon meurt en 1972, à Québec.

Si pour Anne, sa vie de femme s'est éteinte avec lui, pas un instant sa vie d'écrivain n'a cessé. Rien ne peut arrêter ce pourquoi on naît, ce pourquoi un tel homme (qui pour beaucoup ressemblait à Joffrey de Peyrac) l'a aimée : sa différence, son unicité d'artiste.

Depuis, Anne Golon a écrit scénarios, essais, pièces de théâtre, et quatre volumes (plus de 3 000 pages) sur la suite d'Angélique. Mais, tant pour les livres que pour les films, le succès d'Angélique a suscité maintes convoitises et malversations dont l'Auteur a été victime.

A travers le combat qu'elle mène depuis 1993 contre ceux qui l'ont spoliée de ses droits, Anne Golon se bat pour tous les auteurs, tous les artistes grugés et pillés par des éditeurs, agents ou producteurs sans scrupules.

Unique en son genre, l'œuvre monumentale qu'elle a créée cache sous des abords faciles et dits « populaires » parce que lue et aimée par toutes les classes de toutes les sociétés, une somme énorme de recherches historiques, humaines et mystiques dont jamais cet auteur n'a voulu faire étalage.

Sa main déformée par une vie d'écriture mène toujours avec une maestria de virtuose et une passion d'enfant ses milliers de personnages sur les chemins de la vie et de la subversion sulfureuse qu'est la libre pensée et le droit à vivre hors des chemins battus et hors du pouvoir absolu, quel qu'en soit sa forme.

N. G.

PROLOGUE

A plusieurs reprises Master Kouki a pu craindre que sa curiosité et sa hardiesse lui coûtent cher mais il va bénéficier de la protection implicite que méritait sa jeunesse.

Car Master Kouki appartient à un temps où les adolescents devenaient adultes plus tôt qu'aujourd'hui, et restaient enfants plus longtemps.

Un temps où le sentiment présidait aux relations familiales, amicales.

La vie affective était intense, vivifiante et colorait les rêves, les projets, les rencontres.

Master Kouki y puisera le courage d'atteindre son but, de faire face aux terribles révélations.

L'intrigue policière soutient l'ambiguïté d'une trame subtile de haine et de tendresse, de brutalité et de douceur, d'intolérance et de passion poétique. Une ambiguïté toute asiatique. Qui imprègne la société hétéroclite qui hante ce navire, et dont Master Kouki est lui aussi, dans sa solitude, un personnage remarqué.

Fonctionnaires coloniaux de tous grades et leurs nombreuses familles, hommes d'affaires, banquiers, riches planteurs, ou savants de l'Institut Pasteur qui partent soigner leur foie délabré aux eaux de Vichy, princes, mandarins de la Cour Impériale de Hué, aristocrates et diplomates français…

Sur tous et chacun plane un charme qui les rassemble, sans qu'ils en aient conscience, et surtout, sans qu'ils se l'avouent : l'amour de l'Indochine.

Jusqu'aux derniers chapitres où Master Kouki a atteint les régions pour lui étrangères de la France, cette image s'impose.

Jusqu'aux dernières lignes le souvenir du pays lointain erre, se développe, demeure et nous poigne de nostalgie, victimes que nous sommes de cette osmose créée entre deux peuples, à la fois proches et contraires, par un siècle et demi de vie commune.

Anne GOLON

Première partie

L'ENFANT DU BUNGALOW DE LA MONTAGNE

I

Départ pour l'aventure

Certes on voit tout de suite que Master Kouki n'a pas coutume de dormir ainsi étendu sur le pavé, à l'ombre de deux caisses de marchandises dans un des coins les plus malodorants du port de Saïgon. Cela se voit à son complet de toile blanche, à son col net bien ouvert, à ses élégantes chaussures de sport.

Pourtant cela ne l'empêche pas de dormir de tout son cœur, son casque colonial rabattu sur les yeux, les mains jointes et la bouche entrouverte.

Cet abandon sans apprêt marque d'une touche d'enfance une déjà longue silhouette d'adolescent. Les yeux ouverts, son faciès légèrement asiatique aux pommettes aiguës, doivent lui donner un air de chat espiègle.

Mais là, il dort profondément, et l'ombre de ses cils noirs touffus, de ceux que l'on appelle des "cils de fille", communique à ses traits lisses et purs une gravité marmoréenne.

Une chaleur torride tombe du ciel de métal blanc.

De grosses mouches bleues mènent leurs rondes, et leurs bourdonnements se mêlent aux murmures lointains et sourds du grand port indochinois. Master Kouki les écarte parfois d'un geste machinal puis se rendort à poings fermés, aussi à l'aise que s'il se trouvait sous sa moustiquaire en son frais bungalow de la montagne.

Pourtant il doit rester inconsciemment sur le qui-vive, car un frôlement tout proche le dresse aussitôt les yeux aux aguets, des yeux immenses et noirs, hardis, un peu sauvages.

En face de lui, sur une caisse inondée de soleil, se profile l'ombre d'un Annamite coiffé de son grand chapeau en feuilles de latanier, puis celui-ci apparaît, un sourire aimable sur son visage.

— C'est moi, Master Kouki !

— Eh ! je le vois bien, Bac Ling-Tsaï. Alors ? Pas encore aperçu monsieur Patrick ?...

— Non, pas aperçu, dit-il ouvrant les mains en un geste désolé.

— Va-t-il me faire le coup de ne pas venir ? A quelle heure part *Le Fortuné* ?

— Encore deux heures Master Kouki.

— Bon, nous avons le temps. Pas la peine de s'en faire. Retourne à ton poste. Moi je reste ici. Ce n'est pas que ce soit un séjour particulièrement agréable, mais inutile de se faire remarquer, n'est-ce pas ? Mon tuteur est peut-être déjà lancé à mes trousses. Ling-Tsaï, écoute... je meurs de faim.

— J'y ai pensé, dit l'Annamite avec son bon sourire. Je connais Master Kouki.

Il s'exprime dans un français presque pur.

Entré à l'âge de dix ans au service du grand-père maternel de Kouki, un Français marié à une Vietnamienne attachée à la famille royale, il a élevé, comme il aime à dire, la mère de l'enfant, puis, plus tard, est devenu l'humble esclave de celui-ci.

Pour Kouki, Ling-Tsaï fait partie du monde immuable.

Avec un sourire entendu l'homme a tiré de sa chemise noire quelques fruits et des gâteaux à l'anis.

— Tu es un ange, décide Kouki, un ange à la figure jaune, mais au fond je ne vois pas ce qui s'opposerait à ce qu'il y ait des anges à figure jaune.

Il lui envoie dans le dos une tape familière :

— Maintenant va vite… grâce à toi, j'ai de quoi patienter.

Ling-Tsaï s'est incliné ; puis se glissant à travers l'amoncellement des caisses, il jette un regard rapide alentour et s'en va d'un petit pas alerte vers le port.

Resté seul, Kouki s'est à nouveau accroupi sur le sol et pèle un fruit. La chaleur écrasante ne semble pas l'importuner outre mesure. On sent qu'il est habitué à ce climat lourd et malsain et qu'il possède en outre une santé magnifique bien qu'il soit plutôt mince et apparemment peu musclé, il semble surtout extraordinairement souple, rompu à tous les sports et vif comme un ouistiti

Sous ses courtes boucles noires, son front têtu, énergique, ses yeux volontaires démentent les traits du visage encore un peu indécis, cet amusant petit visage de chat malin et une vivacité joyeuse rappelant un oiseau l'a fait surnommer Kouki par ses serviteurs.

Prompt à rire et de caractère optimiste, il ne se laisse pas accabler pour l'instant par la situation bizarre dans laquelle il semble engagé.

Cependant, lorsqu'il a avalé de bon appétit les quelques provisions apportées par Ling-Tsaï, il soupire et sa joyeuse physionomie s'assombrit. Visiblement ses pensées s'évadent sur la piste des événements plus ou moins désagréables, peut-être tragiques, qui l'ont mené jusqu'en cette retraite empuantie, derrière une pyramide de caisses.

Mais à nouveau un bruit étrange, tout près, interrompt sa rêverie morose. Une fois de plus Master Kouki dresse l'oreille, la main à la poche droite de son pantalon. Une sorte de gémissement, de sanglot se fait entendre à quelques pas, puis soudain une toute petite voix claire s'élève et profère énergiquement :

— C'est « inagmissible » !…

Les bavardes mouches elles-mêmes en restent stupéfaites. Kouki éclate de rire et sa main relâche la crosse de son revolver.

Puis, comme les sanglots ont repris plus véhéments, il sort de sa cachette et se trouve soudain en face d'une minuscule petite fille, une véritable poupée vivante, vêtue d'un petit bout de robe blanche et pieds nus dans des spartiates. Des boucles presque argentées à force d'être blondes s'échappent de son casque de liège.

Quand elle aperçoit Kouki elle lève vers lui des yeux bleus noyés de larmes, le dévisage gravement et, heureuse d'avoir trouvé quelqu'un avec qui partager son indignation, elle répète :

— Oui, c'est vrai. C'est absolument " inag… inagmissible…"

Cette fois Master Kouki rit franchement.

— Qu'est-ce donc qui est absolument " inag… missible " petit bouchon ?

Elle dit, le cœur gros.

— Mais de m'avoir laissée ici, toute seule.

Et elle se remet à pleurer de tout son cœur.

— Ça, je suis d'accord, concède Kouki apitoyé. Cet entrepôt n'est pas un square pour petites filles sages. Ne pleure pas. On va arranger tout ça, mais viens un peu avec moi ; nous sommes trop en vue ici.

Il prend le petit poing tiède qui s'abandonne docile dans sa main brune, et entraîne l'enfant dans son refuge, derrière les caisses.

Il s'assied, la prend sur ses genoux et, tirant son mouchoir de sa poche, essuie les larmes sur les joues rondes.

— Mouche-toi, un bon coup, dit-il, et souffle fort.

Il a des gestes doux, sans brusqueries garçonnières.

— Tu es gentil, murmure la petite rassurée.

— Je n'aime pas voir pleurer les petits enfants. Et maintenant, dis-moi, comment t'appelles-tu ?

L'enfant renifle une dernière fois, ravale ses larmes et déclare d'une petite voix posée et entendue :

— Puce d'Argent.

Son protecteur retient un bruyant éclat de rire.

— C'est un peu vague comme état civil. Mais ça te va. On ne peut pas dire, ça te va à merveille… Et quel âge as-tu ?

— J'ai sept ans. Mais le Prince des Noisettes dit que j'en porte quatre et que je parle comme si j'en avais cinquante.

— Son Altesse me semble en effet voir juste. Puce d'Argent, tu es un drôle de petit animal, décidément... Aurais-tu l'obligeance de me dire où sont ton papa et ta maman ?

L'enfant prend un air mystérieux.

— Oh ! tu sais ils sont loin, loin, dans un jardin où il y a de belles fleurs et des oiseaux d'or dans les arbres.

— Ah ! et tu sais le nom de ce jardin ?

— Oui, Tante Mauve m'a dit que c'était le Paradis.

— Le Paradis, répète Kouki interloqué. Ah ! oui, je comprends, tes parents sont morts... Quel numéro !

Il ne peut s'empêcher de continuer à rire mais la petite bonne femme le regarde avec sévérité.

— Pourquoi tu ris ? Ce n'est pas drôle que mon papa et ma maman soient au Paradis. Je les vois jamais.

— Oui, je suis bête de rire. Moi aussi, mon papa et ma maman s'en sont allés cueillir des fleurs dans ce beau jardin-là. Et maintenant je suis tout seul.

Son visage mobile devient si triste que la fillette, avec sa gentillesse instinctive veut le consoler.

— Mais non, tu n'es pas tout seul. Je suis là.

— C'est vrai, tu es là, bout de chou. Tu es même bien encombrante. Qu'est-ce que je vais faire de toi ? Allons, plaisanterie à part, raconte-moi ton aventure inadmissible. Comment es-tu venue jusqu'ici ?

— Voilà, dit la petite essayant en vain de prendre un air confus, c'est toute une histoire. J'ai voulu courir après un petit marchand qui vendait des petits oiseaux rouges. J'ai couru… Et après j'ai plus retrouvé ni la Gazelle, ni l'Agneau doré…

— Bref, tu as perdu toute la ménagerie de ton cirque, petite puce savante.

Elle secoue la tête très digne.

— Non, non, pas Puce Savante, Puce d'Argent, c'est plus joli. Seulement, j'ai peur parce que j'ai désobéi et que tante Mauve le dira au Seigneur-Tigre.

— Ah ! diable, si Seigneur-Tigre s'en mêle, il ne sera pas long à t'avaler… Chut : tais-toi.

Impérativement il impose silence à l'enfant et tend l'oreille. Des pas s'approchent de leur refuge. Il se redresse. Mais Ling-Tsaï réapparaît toujours souriant.

Il est suivi d'un jeune garçon de quinze à seize ans, assez corpulent, qui essuie d'un air maussade son visage en sueur.

— Ah ! te voilà, sacré Kouki.

— Mon cher Patrick, pas d'injures. Ce n'est plus ni le jour ni l'heure. Tu as tes papiers, ton billet ?

— Oui, attends un peu. Écoute, Master Kouki, tu es bien décidé à partir ?

— Patrick, pas de paroles oiseuses. Passe-moi ton portefeuille.

Le gros Patrick s'exécute en soupirant bruyamment. Ce faisant il découvre derrière son camarade la minuscule petite fille et ses yeux s'effarent.

— Qu'est-ce que c'est que ça ?

Kouki, occupé à détailler le contenu du portefeuille, répond distraitement :

— Ça !… Mais je n'en sais rien, mon vieux. C'est une

puce, oui, une puce en argent, tu te rends compte ?... On m'avait dit qu'il y en avait pas mal dans la banlieue de Saïgon mais de cette espèce-là...

Il rit avec insouciance, mais son ami ne partage pas son hilarité et jette un regard inquiet autour de lui.

— Pas si fort, Kouki. Tu es d'une imprudence. Et cette gamine qui est là à nous écouter.

— Ah ! que t'imagines-tu ?... Après tout, tu as peut-être raison. C'est sans doute un espion à la solde de Balafre.

Patrick sursaute.

— Kouki, je ne veux pas t'entendre parler de ce bandit avec légèreté. Tu ne comprends donc pas que tu t'attaques à un homme puissant et dangereux, capable de tout...

— Il me semble pourtant que je suis bien placé pour le savoir.

Kouki redresse la tête, et ses yeux sombres ont une flamme dure.

— Capable de tout, dit-il les dents serrées, celui qui a assassiné mon père et déshonoré sa mémoire... Une sale bête qui, de Saïgon à Montmartre empoisonne la moitié du globe d'opium et de cocaïne, dont on ne compte plus les crimes et qu'on aurait plaisir à abattre comme un chien. Il est dangereux, il est puissant, dis-tu, mais qui sait ? Ce sera peut-être moi, Kouki qui finirai par le jeter à terre. Je suis tenace, tu sais. Je veux lui arracher l'aveu de son crime et réhabiliter mon père. Ne t'en fais pas. Patrick, tu me verras revenir victorieux ou tu ne me reverras jamais, j'en fais serment.

Le gros Patrick s'éponge avec fébrilité.

— Tais-toi, Kouki. Tu me fais peur. Quand je pense que

c'est moi, moi qui en te prêtant mon état civil, t'aide à te lancer dans une pareille aventure…

— Eh bien ! ça prouve que tu es un chic type, vieux Patt… Grâce à toi, je vais devenir Patrick Mercier, échapper aux recherches immédiates de mon tuteur monsieur Borsi… Tiens voilà de l'argent que tu oubliais dans ton portefeuille.

— Non, garde tout, c'est pour toi… Si, si, un prêt. Tu me le rendras plus tard, quand tu reviendras, car il faut que tu reviennes, Master Kouki. J'aurais de tels remords…

— Je reviendrai, vieux Patt, avec la tête de Jack Balafre à ma ceinture.

Kouki prend son camarade aux épaules.

— Tu es un copain comme on n'en fait plus. Pardonne-moi de retarder ton voyage en France. Que vas-tu raconter à ton oncle ?

— Oh ! le coup classique. J'ai perdu mon portefeuilles. Le temps de le chercher et j'ai raté le bateau. Maintenant dépêche-toi afin de ne pas en faire autant. *Le Fortuné* appareille dans trois quarts d'heure. N'oublie pas de saluer le Commandant. C'est à lui que mon oncle me recommandait… Et Ling-Tsaï, qu'est-ce que tu en fais ?…

— Oh ! Ling-Tsaï, malin comme un singe. Il s'est fait engager à bord comme soutier ou garçon de cabine. Il m'est trop précieux. C'est lui qui entretient les rapports avec les hommes de la bande de Jack balafre. C'est ainsi que j'ai su le départ de celui-ci pour la France. Gorgé d'or il va s'installer là-bas. Mais je ne le laisserai pas digérer en paix ses millions… Allons, voici le premier appel de la sirène. Souhaite-moi bonne chance… Au revoir, vieux Patrick.

Le vieux Patrick, complètement cramoisi, souffle comme s'il avait couvert au galop une distance prodigieuse.

Kouki, plus ému qu'il veut le paraître, se détourne pour prendre son élégante valise à terre et…

— Ah ! mais c'est vrai, et la Puce d'Argent qu'on oubliait ! Oh ! Patrick, sois poire jusqu'au bout. Tu vas te charger de cette gamine et tâcher de découvrir un Prince, un Tigre, une Gazelle et un Agneau… Elle t'expliquera. Au revoir, petite… Tu vas aller avec le monsieur et tâche de lui donner quelques indications un peu plus précises, sinon moins poétiques…

Mais la jeune personne ne l'entend pas ainsi.

— Non, je ne veux pas rester ici, crie-t-elle. Je veux aller avec toi sur *Le Fortuné*. Moi aussi je prends le bateau.

— Toi aussi ?.. Oh ! ah !… Ça m'a l'air, en effet, un fameux bateau que tu me montes là.

— Oui, un fameux bateau, dit l'enfant naïve. J'ai une jolie chambre avec Tante Mauve ; mais le commandant Durtal a dit que si je n'étais pas sage la mer entrerait par la petite fenêtre ronde et m'emmènerait jusqu'au fond de l'eau.

Patrick pousse une exclamation.

— Le commandant Durtal !… Tu le connais ? Justement Kouki, c'est le commandant du *Fortuné* dont je te parlais. Elle a peut-être raison.

— Cela simplifierait tout… Bon, j'emmène la puce. On verra après. Au revoir, Patrick, va de ton côté, moi du mien. Il est préférable qu'on ne nous voie pas ensemble… Et merci encore.

La petite fille d'une main, sa valise de l'autre, Master Kouki adresse un dernier sourire à son camarade, puis, quittant l'ombre malodorante des caisses de marchandises, il s'en va d'un pas décidé vers la redoutable aventure.

Bousculé par les coolies*, les marchands, les retardataires, Kouki marche à grands pas vers le quai d'embarquement, entraînant la Puce d'Argent qui monologue d'une voix essoufflée :

— Oh ! vraiment c'est « inagmissible » d'aller si vite. Tu marches plus vite que le Seigneur-Tigre, et pourtant il a de grandes jambes. Quand on va se promener il me prend dans ses mains et il me fait sauter « hop-là » comme une balle et puis après on repart très vite ; alors je ne sais plus si je marche avec la tête ou avec les pieds. C'est drôle, hein ?…

Elle rit aux éclats tout en esquissant un petit pas léger de danseuse.

— Quelle tapette ! murmure le jeune garçon. J'ai l'air malin moi, à remorquer cette puce bavarde. Et si je ne trouvais personne sur le bateau pour s'occuper d'elle ! C'est que j'ai tout juste le temps d'embarquer, songe-t-il avec un coup d'œil inquiet à son bracelet-montre. Ce Patrick qui n'arrivait pas… Pourvu que Ling-Tsaï soit à bord…

Soudain, dominant les exclamations variées, le piaillement des gamins indigènes et l'appel des sirènes, une voix d'enfant s'élève en trémolo aigu.

— Puce d'Argent-ent. Puce d'Argent-ent-ent !

* Coolie : porteur, portefaix

Une autre voix fraîche l'accompagne en duo :

— Puce d'Argent !

L'enfant s'arrête et lève son petit doigt.

— Je crois qu'on m'appelle...

— Évidemment, ça ne peut-être que toi. Il ne peut y avoir dix mille Puces d'Argent dans le port de Saïgon !

— Oh ! voila la Gazelle et le Prince des Noisettes. Alain, je suis là...

Aussitôt Kouki voit dévaler sur lui avec une rapidité vertigineuse, un garçon et une fille d'environ quatorze ans.

Ils arrivent en tourbillon éblouissant, blanc et or, car ils sont vêtus de toile claire ainsi que tous les enfants aux colonies, et somptueusement blonds.

— Te voilà enfin, Puce d'Argent, crie la fille d'une voix aiguë, on t'a cherchée partout. Tante Mauve est évanouie. On va rater le bateau. On a téléphoné à la police, à un détective, à Pierre-Yves... Tu es trop assommante à la fin.

Ses longs bras minces et bronzés s'agitent en tout sens, prolongés par des mains agiles.

Finalement, celles-ci s'abattent avec prestesse sur les joues potelées de la Puce d'Argent.

— Ça t'apprendra...

— Manque d'onction la Gazelle, songe Kouki un peu étourdi, tandis que la Puce éclate en sanglots bruyants.

Leur frère, le dénommé Prince des Noisettes, semble plus calme. Rassuré sur le sort de la benjamine, il suit, les mains dans les poches, la discussion agressive de deux coolies. Le spectacle ne manque pas de pittoresque, mais Kouki trouve que ce n'est pas l'instant de se plonger dans une étude des mœurs orientales. D'ailleurs la Gazelle, trépidante et cherchant une autre proie, se jette sur son jumeau.

— Qu'est-ce que tu fais là à rêvasser ? Tu n'entends donc pas la sirène du *Fortuné*.

On va partir sans nous. Et je te préviens que je n'ai plus un sou. Tu n'auras plus qu'à te faire coolie et à porter des sacs de charbon si…

— C'est bon, interrompt Kouki, vous envisagerez cela quand vous y serez. Pour l'instant dépêchons-nous. Il n'est que temps.

Il repart, courant cette fois, traînant la Puce d'Argent qui pleure à fendre l'âme. Le jeune Alain saisit la main de sa petite sœur. La Gazelle les précède avec une célérité bondissante. C'est une course éperdue. La pauvre Puce ne touche plus terre.

— Prenez ma valise, crie Kouki au garçon.

Il saisit la fillette au vol et la pose sur ses épaules ; du coup rasséréné le petit bout se met à rire rattrapant d'une langue preste ses dernières larmes et criant joyeusement :

— Au galop ! Au galop !

C'est en cet équipage que Master Kouki, lancé à la poursuite d'un des plus redoutables bandits, met pied sur la passerelle du bateau

Il ne sait plus trop où il en est car deux sandales nerveuses lui éperonnent les côtes et deux mains énergiques lui serrent le cou.

Autour de lui des cris « Enfin on l'a retrouvée » - c'était affolant - se mêlent aux adieux des autres passagers. Kouki se sent pressé contre un corsage rosé qui sent la violette : « La Tante Mauve sans aucun doute », pense-t-il.

— Ma petite Puce… Ma chérie, enfin, répète une douce voix un peu tremblée. Par-dessus la tête de Kouki, la jeune Puce émue de ces transports, tend des bras repentants.

— J'le ferai plus, Tante Mauve.

Enfin débarrassé de sa cavalière, Kouki, peut regarder autour de lui.

Le pont est envahi par la foule des passagers qui, ayant pris depuis quelques heures possession de leur cabine, adressent maintenant leurs dernières recommandations aux parents et amis restés à terre.

— Personne n'est là pour moi, songe Kouki faisant quelques pas.

Une mélancolie profonde l'envahit ; déjà il ne sent plus sous ses pieds sa terre natale, cette terre chaude de l'Indochine où il est né, où il a grandi, libre, parmi les arbres luxuriants et les jardins enchantés du bungalow de la montagne.

Il vient s'accouder cependant au bastingage, laissant ses regards errer sur la foule.

Alors il a un fugitif sourire. Le gros Patrick est là-bas au premier rang, le fidèle Patrick, le seul ami qui lui soit resté avec Olivier de Barre, à la suite de la mort tragique de son père et du scandale financier qui a suivi.

Kouki ne peut faire des signes à son camarade, mais il se

sent réconforté de l'apercevoir là, plus rouge que jamais, s'épongeant toujours avec son pauvre visage désorienté.

— Ah ! cher Patrick, cher vieux copain, dire qu'il renonce pour moi à sa tranquillité. Je m'en vais mais lui va aller s'expliquer avec son oncle au sujet du portefeuille, et je connais l'oncle millionnaire. Cela n'ira pas tout seul… Ah ! Patrick comme j'aimerais retourner avec toi galoper entre les grands banians aux pattes d'araignées… Il n'y a pas de banians* en France. Olivier me l'écrit… Ah ! nous voila déjà en France… Au revoir Patrick. Je te dis cela tout bas, en moi, mais tu m'entends, n'est-ce pas ? Ne sois pas si rouge, cher vieux. Je reviendrai, je reviendrai avec la tête de Jack Balafre à ma ceinture.

Et Kouki a un mince sourire sauvage qui découvre ses dents blanches.

Toujours appuyé au bastingage, Kouki rêve. Cette force lente qui entraîne le navire vers l'horizon lui semble aussi aveugle que son destin.

— Monsieur, excusez-moi de vous déranger. Mais je voudrais vous rendre votre valise.

Il se retourne au son de cette voix paisible. Très correct et homme du monde, le Prince des Noisettes se tient derrière lui.

Kouki, cette fois, peut l'examiner à loisir. Il note un visage racé, des yeux calmes et dorés, et lorsqu'il ôte son casque une mèche fluide et blonde lui tombe dans l'œil droit.

— Permettez-moi de me présenter : « Alain d'Armanville. »

* Banian : grand arbre à lianes pendantes

Kouki souriant, touche d'un geste gavroche le bord de son casque.

— Salut Prince. Car c'est bien là votre titre, n'est-ce pas, Prince des Noisettes ?

Celui-ci consent à se départir de son impassible correction :

— Oh ! vous savez, ce n'est qu'un nom que mon frère m'a donné. Il a toujours des idées originales.

— Votre frère est un poète…

— Oui, c'est vrai, il écrit des livres.

— Je m'en serais douté. Eh ! bien, moi qui n'ai pas de grand frère poète, je vous avouerai que je m'appelle tout simplement Patrick Mercier, on dit aussi quelquefois Master Kouki.

Alain s'incline.

— Enchanté vraiment. Ma tante m'a chargé de vous remercier du grand service que vous nous avez rendu en…

Une bourrade cordiale de Kouki lui coupe la parole et le souffle.

— Non, ça va ! C'est du macaroni que tu me défiles là. Je ne peux plus te suivre, ça me fatigue. Dis donc, tu aimes les bonbons au citron ?… Prends-en quelques-uns, ça met en train. Alors toi aussi tu t'en vas dans la métropole ?

Alain acquiesce :

— Oui, nous retournons en France, dans notre château de Bretagne. Cela nous changera de l'Indochine, mais je suis bien content de retrouver notre château.

Il dit « notre château » avec une nuance d'admiration et

de fierté ; le sujet semble lui tenir à cœur et il se départit un peu de sa réserve.

— J'aimais beaucoup notre château. Il y avait la mer tout près et des bruyères sur la lande…

Il hausse les épaules en riant :

— Décidément je suis comme Pierre-Yves, mon grand frère. Je fais toujours du lyrisme quand je parle du château. Je n'avais que sept ans quand je suis arrivé en Indochine mais je n'ai rien pu oublier…

Kouki qui l'a d'abord jugé un peu poseur, le regarde du coin de l'œil avec sympathie.

— Tu es poète toi aussi… Et ce château c'est le berceau de ta famille sans doute.

— Non, de celle de mon frère.

— Je ne comprends plus.

— C'est-à-dire ce n'est que mon demi-frère ! Pierre-Yves de Kervignys. Il est beaucoup plus âgé que nous.

— Vous m'avez l'air d'une famille… diablement compliquée ! Moi, tu vois c'est plus simple. Je suis tout seul et j'ai toujours vécu là-bas.

Un geste instinctif l'a retourné vers Saïgon et il reste saisi… Là-bas ! C'est déjà si loin, là-bas.

— Déjà, murmure Kouki…

Toute cette bande d'amusants petits personnages avec leurs surnoms féeriques et leurs bavardages l'ont un instant distrait, aidé à franchir ce pas difficile du départ. Maintenant il éprouve le besoin d'être seul, de remettre ses idées en place, d'envisager froidement la situation.

— Ah ! je te quitte, mon vieux. Il serait temps que j'aille présenter mes civilités au Commandant. Mais on se reverra. Tiens voici le numéro de ma cabine, le 12 en première… Est-ce que tu joues au ping-pong ?

— Oui, assez bien, et la Gazelle est une vraie championne.

— Alors, tant mieux. On va organiser des matches. A bientôt, mon prince.

— Au revoir, Patrick. Kouki a un léger sursaut. Patrick ? Ah ! oui, c'est lui…

— Écoute…

Le Prince des Noisettes qui s'éloigne, revient sur ses pas :

— Appelle-moi donc Master Kouki, j'ai l'habitude et puis ça fait plus copain.

— Entendu, Master Kouki. Vraiment vous… Il s'arrête, hésite, puis avec un bon sourire franc il achève : Tu me plais beaucoup.

— Toi aussi tu me plais. Je suis content qu'on fasse la traversée ensemble.

Kouki, un pied dans l'escalier qui descend aux cabines, regarde disparaître la légère silhouette d'un nouvel ami.

*

* *

II

Un homme de Jack Balafre

La cabine réservée de M. Patrick Mercier, neveu d'un millionnaire, est luxueuse et confortable à souhait, mais Kouki n'y a jeté qu'un regard d'enfant blasé par la fortune. Il s'est informé auprès du steward de l'heure où il pourrait se présenter au Commandant, puis ayant remis à l'homme un généreux pourboire, il s'est retrouvé seul.

Planté devant la glace de l'armoire il contemple un instant, les mains dans les poches, le reflet de sa mince silhouette, vêtue de blanc et cet examen semble l'amuser prodigieusement ; il passe sa main dans ses courtes boucles et sourit :

— On s'y tromperait, murmure-t-il.

Par le hublot ouvert pénètre le piaillement des mouettes, escortant encore le navire. L'adolescent jette un coup d'œil sur l'immense horizon bleu, soupire, puis ouvre sa valise.

Il en retire en premier lieu une grande photo représentant une ravissante habitation mi-européenne, mi-orientale à l'ombre d'arbres gigantesques.

Master Kouki ferme les yeux :

— Où sont donc les jets d'eau ? dit-il à mi-voix.

Il revoit leurs gerbes d'argent sous la lune, alors qu'autrefois, enfant terrible, s'échappant de son lit il s'élançait à travers les allées du jardin, de son allure bondissante de petite panthère. Il aimait leur murmure incessant et ténu dans l'ombre. Il leur disait « Bonsoir » en passant et courait dans la nuit, sans craindre les bruits étranges de la jungle si proche, jusqu'à ce que son ayah*, éveillée, l'appela par les allées :

— Kouki, où es-tu ?... Où es-tu petit chat, où es-tu petite fleur précieuse ?...

Diable de Master Kouki !... Il se cachait sous les fleurs, ses yeux sombres aux aguets, immobile et frémissant. Alors l'ayah réveillait Ling-Tsaï, réveillait le boy à l'entrée, et le boy sous la véranda. On allumait des torches.

— Kouki, où es-tu petit chat ?... Le dragon ailé viendra te prendre...

Mais Master Kouki ne craignait pas le dragon ailé. Il en riait tout seul entre ses doigts, il savait bien qu'ici le dragon, comme le lion ou l'aigle porte bonheur. Alors on allait éveiller le Maître du bungalow. Il s'avançait sous la véranda, drapé dans cette robe chinoise fleurie d'or et de noir dont il s'enveloppait la nuit pour travailler.

* Ayah : nourrice

A la lueur des torches son visage était couleur de brique.

— Eh bien ! Master Kouki…

Et l'enfant était déjà là, lancé en avant, les bras tendus :

— Je suis là Dad… Je suis là.

— Ah ! petit démon, grondait Jean de Perceval en l'enlevant dans ses bras forts, allez-vous enfin vous décider à dormir ?

Près de lui l'enfant voyait le regard d'acier, d'un bleu légèrement gris refléter son visage mutin.

— Voilà Daddy, voilà je dors.

Et déjà, c'est vrai, il dormait contre la rude épaule, tandis que la main de papa, cette belle main qu'il a eu blessée dans un accident de chasse, caressait gauchement sa toison bouclée. Il revoit aussi proche, à l'un des doigts, la chevalière aux armes de sa noble famille : les de Perceval.

Kouki n'entend plus les jets d'eau, il dort. C'est la nuit, une nuit sans étoiles, et puis bientôt s'avance une autre nuit, une nuit rougeâtre, rouge de la lueur des torches et rouge du sang sur les dalles.

Le Maître du Bungalow est étendu, mort. On l'a retrouvé dans une ruelle sordide, tué à bout portant par deux balles de revolver ; l'une à la tempe, l'autre au cœur. Kouki est agenouillé près de lui et tient cette belle main blessée, aux gestes gauches.

C'est fini… La vie de l'heureux Master Kouki, s'arrête là. Ensuite commence la solitude, le scandale, l'abandon.

L'irréprochable nom de Jean de Perceval traîné dans les tribunaux avec celui d'un aventurier sans aveu, Jack Balafre, célèbre à la suite de quelques escroqueries retentissantes et de trafics de stupéfiants. Jean de Perceval a été tué, se rendant, ainsi que l'enquête le révèle, chez le mystérieux bandit. Qu'allait faire là cet honnête banquier ? Kouki, hérissé, a lu l'un après l'autre des journaux remplis de sous-entendus calomnieux. Il est resté seul, au fond du bungalow, recroquevillé sur sa peine. Patrick et Olivier sont venus encore le voir et lui ont dit de leurs grosses voix enrouées d'adolescents :

— Ce n'est pas vrai tout ce qu'on raconte, ne te fais pas de peine. Si on peut faire quelque chose pour toi, demande…

Mais Kouki savait bien que tous les autres lui tournaient le dos. Peu à peu, le silence s'est fait autour de l'affaire ; un ancien ami de son père, M. Borsi devient son tuteur. Mais Kouki ronge son frein ; aidé du vieux Ling-Tsaï rusé, fidèle et tenace, il a dressé ses plans ; il retrouvera l'homme anonyme et redoutable : Jack Balafre. C'est ainsi qu'il est parti en guerre. C'est ainsi qu'il est parti sur ce grand navire, et qu'il se retrouve là tout seul dans sa cabine, et qu'il se voit dans la glace, lorsqu'il rouvre les yeux, avec une figure si douloureuse qu'il ne peut s'empêcher de dire drôlement :

— Es-tu bête Master Kouki !

Pourquoi la porte s'ouvre-t-elle doucement, si doucement ? Kouki porte la main au revolver. Mais c'est encore une apparition blonde, une nouvelle édition de joues dorées, de grands yeux clairs…

C'est une petite fille en robe blanche avec une folle auréole bouclée, encadrant un grand sourire timide.

— J'ai frappé, dit-elle confuse, mais vous ne répondiez pas.

Elle fait quelques pas en avant et salue gentiment, pinçant à deux doigts sa robe légère.

— Bonjour, Master Kouki… Je suis l'Agneau.

Sympathiques ces gamins… et distrayants ! songe Kouki, ils arrivent toujours au bon moment.

— Les autres parlaient de vous, reprend l'enfant, et j'étais la seule à ne pas vous connaître. Alors je suis venue.

— Vous êtes une très gentille petite fille. Je suis enchanté de votre visite.

— Alain disait que vous ressembliez à un chat mais que vous étiez drôle et qu'on ferait du ping-pong ; Je sais bien jouer, ajoute-t-elle, mais j'ai peur que vous ne vouliez pas de moi parce que je suis trop petite.

— Trop petite ? Mais pas du tout. Quel âge avez-vous donc ? Douze ans ?…

— Oh ! non, s'écrie-t-elle, toute rose de joie. Seulement dix ans. Vous m'en donneriez douze ?

Il affirme grave et convaincu :

— Certainement. Asseyez-vous, je vous en prie.

— Oh ! non, il ne faut pas que je reste longtemps. J'étais venue vous demander de la part de Tante Mauve… Enfin, voilà. Il paraît que vous êtes tout seul. Alors si vous vouliez venir à la même table que nous, à la salle à manger.

— Ça c'est une riche idée. Vous remercierez bien votre tante, n'est-ce pas, vous lui direz que je suis content.

— Oh ! nous aussi.

— Alors, c'est parfait, dit Kouki joyeux.

Visiblement l'Agneau doré est enchanté de sa visite.

— Voilà, je m'en vais, dit-elle pour conclure. D'un bond elle gagne la porte, se retourne : à tout à l'heure, Master Kouki.

— A tout à l'heure, Mademoiselle...

*

Trois marches couvertes d'une moquette d'Orient donnent accès à l'élégante salle à manger des premières.

Avant de les descendre, Kouki s'arrête un instant, ébloui par les lumières, le tintement des cristaux et de l'argenterie mêlé au bruit des conversations. Il est pourtant hardi, a une certaine habitude du monde, des festivités... Aux côtés de son père, très jeune il prenait part aux rencontres entre familles de militaires ou de fonctionnaires français ou même aux belles réceptions offertes par les familles princières de Hué.

Mais aujourd'hui il est seul, seul responsable de lui-même et il hésite avant de plonger dans cette atmosphère luxueuse et mondaine qui l'effare un peu. Il s'étudie avec sévérité dans une haute psyché encadrée de palmiers et fronce les sourcils.

— N'ai-je pas l'air trop jeune, malgré ces culottes longues ?

Un complet de toile blanche impeccable, l'habille avec élégance ; le grand col Danton rabattu dégage son cou bruni.

Mais il devine que pour les adultes qui vont le regarder avec curiosité, appréciation, et se communiqueront avec intérêt ce qu'ils savent à son sujet, il sera considéré comme « un enfant » malgré ses pantalons longs qui le grandissent. D'autre part son indépendance, sa situation de personnage solitaire, sans mentor, lui confèrent, il le sent, une touche de gravité et une d'assurance nouvelle.

Le moment est venu pour lui de prendre place parmi les passagers, car, en ce premier soir, chaque membre de cette société hétéroclite qu'une traversée va réunir pendant plusieurs semaines a son importance unique.

Depuis le bébé, dernier né d'une ribambelle d'enfants que son ayah porte sur la hanche jusqu'au doyen de la compagnie, quatre-vingt ans, dont le teint trahit la maladie de foie qu'il part soigner en métropole, mais qui, le navire encore à quai, s'est installé à la table de bridge avec des partenaires recrutés d'office.

Chacun est unique, chacun a son rôle. Et irrésistiblement, des liens se formeront. Des destins vont se croiser, les vies vont s'imbriquer les unes aux autres et l'on ne peut imaginer soudain pour un autre quai abordé, qu'elles vont s'écarter, se disperser un jour…

Master Kouki, de son peigne de poche, rectifie une dernière fois l'ordre de sa chevelure exubérante, puis, se redressant, il descend lentement les marches, jette un coup d'œil autour de lui, et se met à la recherche de ses jeunes amis.

Son apparition n'a pas été sans provoquer un mouvement général quoique discret, d'attention.

Il faut sacrifier à ce rituel du premier soir de traversée qui veut que chaque nouveau venu est le point de mire et hélas ! Kouki n'a rien de ce qu'il faut pour passer inaperçu.

— Que pensez-vous de cette grâce de petit prince hindou ? dit à mi-voix une jeune femme très blonde penchée vers son voisin de table. L'homme, bien pris dans son smoking, avec une courte barbe noire, jette à Kouki un regard aigu.

— Intéressant. Une fragilité apparente, mais des muscles de jeune tigre. Il y a certainement du sang asiatique dans ce garçon.

Kouki a légèrement rougi. Il commence à se sentir déconcerté parmi tant de regards et ces réflexions surprises au passage lui déplaisent. Il avise un des serviteurs et se fait indiquer la table des enfants d'Armanville.

Ceux-ci l'accueillent avec une allégresse visible. La jeune Puce d'Argent manque, déjà au lit, payant les émotions de sa journée mouvementée, mais Alain, toujours très correct, présente le nouvel ami à Tante Mauve.

Tante Mauve ressemble à son nom. Elle a des cheveux de soie blanche : elle est douce, parfumée, effarée. Elle réserve à la Gazelle, la plus terrible de la bande, un regard effrayé, au Prince des Noisettes un regard déconcerté, à l'Agneau un regard attendri et à la Puce un regard adorateur. Sa douce physionomie change comme un ciel nuageux suivant qu'elle se tourne vers l'un ou l'autre de ses neveux.

Impressionnée par le salut impeccable de Kouki et par son charmant sourire elle lui a dédié aussitôt une sympathie déférente qui lui restera désormais attitrée.

— Nous sommes enchantés de vous accueillir à notre table, mon enfant. J'espère que mes neveux auront à cœur de se montrer sous leur meilleur jour…

— Que voulez-vous dire, Tante Mauve ? crie la Gazelle.

Elle répand l'électricité à pleines mains. Ses quatorze ans désinvoltes ont la saveur acide et piquante d'un fruit vert.

Kouki, assis en face d'elle, peut l'observer à l'aise. Elle est maigre et brune de peau, avec des yeux bleus, des cheveux souples couleur de paille et des gestes aigus.

— Alors, dit-elle, lâchant brusquement sa cuillère de potage pour attraper un citron dans la corbeille de fruits, vous vous appelez Patrick Mercier et vous êtes tout seul. Pourquoi êtes-vous tout seul ?

— Lâche ce fruit Gazelle, dit Tante Mauve aussi émue que si elle demandait grâce à un assassin.

— Parce que je suis orphelin, mademoiselle, répond Kouki étonné de la question.

La Gazelle cesse de peler son citron pour le regarder avec un sourire épanoui :

— Chance alors !… Tout comme nous.

Mais la petite Agneau élève sa voix fragile.

— Tu te trompes. Nous, on n'est pas tous seuls. On a Pierre-Yves et Tante Mauve.

— Cette chérie ! soupire la vieille demoiselle. Elle a un geste modeste de sa jolie main baguée. Oh ! moi, je ne compte pas beaucoup mais vous pouvez remercier la Providence, mes enfants, de vous avoir donné un frère aussi bon, aussi courageux que Pierre-Yves. Que seriez-vous devenus, mes pauvres petits, s'il ne vous avait pas pris sous sa protection ? Il a été pour vous le plus attentionné des pères et la plus tendre des mères, ce qui est rare chez un homme encore jeune.

— On dirait du Lamartine, crie la Gazelle en riant.

— Tante Mauve, dit Alain, la prochaine fois que je verrai le Seigneur-Tigre je lui dirai " Bonjour, ma tendre mère" il sera très touché…

La vieille demoiselle pousse un soupir lassé.

— Ils se moquent de moi, dit-elle à Kouki, mes neveux seraient des enfants charmants, sans ce manque de respect qu'ils ne cessent de pratiquer ! Cela leur devient une manie.

— Bah ! vous en prendrez l'habitude, Tante Mauve, déclare la Gazelle rassurante.

— Alors vous inventerez autre chose pour me faire enrager, je vous connais.

— Mais Tante Mauve, vous seriez bien malheureuse si on ne vous faisait pas enrager, dit l'Agneau avec une moue charmante.

— En somme nous ne cherchons qu'à vous faire plaisir, conclut Alain avec gravité.

Kouki s'amuse. Il savoure cet instant de détente après les longs jours pénibles et solitaires. Il oublie l'aventure dans laquelle il s'est lancé. Il trouve que les fleurs sur la table ont un parfum délicat et il bénit la Providence d'avoir mis sur son chemin ces compagnons pleins d'originalité.

— Votre frère est-il resté en Indochine ? s'informe-t-il, désireux de se renseigner sur cette sympathique famille.

— C'est-à-dire, explique Tante Mauve, que mon neveu devait s'embarquer avec nous aujourd'hui mais il a été brusquement retardé par ses affaires. Il nous rejoindra à Singapour. J'attends cette escale avec impatience, je l'avoue. Ces enfants me rendent folle tout bonnement ; il n'y a que Pierre-Yves qui puisse les faire tenir tranquilles. Déjà cet après-midi la disparition de la Puce d'Argent m'a rendue malade. Sans vous, monsieur, que serais-je devenue ?...

— Pourriez-vous m'appeler Master Kouki, demande gentiment le sauveur en question. J'ai peur de vous paraître... cynique, Mademoiselle, en vous proposant un cinquième neveu, cependant...

— Ne craignez rien ! Plus Tante Mauve en a, plus elle est contente, avance la Gazelle. N'est-ce pas Tante Mauve ?

— Tu exagères, ma petite !... Si on m'en proposait dix de ton espèce je préférerais qu'on m'enterre tout de suite, mais je sera ravi de vous compter parmi mes neveux, Master Kouki, vous êtes bien isolé pour une longue traversée ; si vous étiez souffrant...

— Et puis vous êtes poli, charmant et de cheveux noirs, tout le contraire de nous, glisse la Gazelle en se beurrant une tartine.

— Avoir un nouveau frère, dit l'Agneau joignant ses mains potelées avec un regard vers le ciel, offensant pour Alain, comme cela va être merveilleux ! C'est tellement assommant d'avoir toujours le même et de ne pas pouvoir en changer. Oh ! méchant... Tante Mauve y'm'pince !...

— Voulez-vous finir, voyons, dit Tante Mauve éperdue et frappant la table du plat de sa main, vous êtes insupportables, absolument insupportables. Vous me faites honte, mes enfants...

Il doit y avoir parfois des scènes épiques, je vais bien m'amuser, jubile Kouki en son fort intérieur.

Le steward passe l'entremets. Le jeune garçon a la sensation d'être regardé et ses yeux rencontrent soudain le visage jaune de Ling-Tsaï. Celui-ci accomplit son office avec correction et impassibilité. L'Agneau ayant laissé tombé sa serviette, il la ramasse et la lui remet autour du cou, avec un beau nœud en deux oreilles de lapin, par derrière. « Ah ! Bac* Ling-Tsaï » se répète Kouki le cœur dilaté de joie.

Décidément tout commence bien.

Comme, après les glaces à la pêche, on plie les serviettes, Kouki redevenu le diable de Master Kouki, entraîne ses nouveaux amis :

— Venez, on va faire une partie de gendarmes et de voleurs formidable !

Au passage on racole deux petites misses anglaises, les trois fils d'un officier colonial et un ami d'Alain.

Lancée au galop à travers les salons, la bande joyeuse gagne le pont. Une large silhouette, au travers d'une porte, arrête un instant leur élan.

* Bac : terme d'affection et de respect employé par un enfant envers un homme plus âgé que son père, sous la protection duquel il se trouve.

Kouki reconnaît l'homme à la barbe noire qui tout à l'heure parlait de ses « muscles de jeune tigre ». L'homme s'efface pour laisser passer les enfants mais il retient le Prince des Noisettes.

— Une seconde, mon petit Alain, dit-il aimablement. Votre frère le comte de Kervignys n'est-il pas à bord ? Je suis surpris de ne pas l'avoir aperçu ce soir...

Ses paupières à demi baissées cachent une lueur d'inquiétude.

Toujours correct à son habitude, mais devenu glacial, Alain répond :

— Mon frère a été retenu à Saïgon, au dernier moment, monsieur, il nous rejoindra à Singapour...

— Ah ! il doit vous rejoindre... Vous en êtes certain ?

— Tout à fait certain, monsieur.

— Très bien, très bien.

Il paraît satisfait et son regard se fixe avec acuité sur Master Kouki, qui attend immobile à quelques pas. Il ébauche un sourire aimable :

— Voulez-vous me présenter votre nouvel ami ?

— Patrick Mercier, s'exécute Alain avec mauvaise grâce visible. C'est monsieur Danley, ajoute-t-il pour Kouki.

Monsieur Danley tend à l'adolescent une main large où celui-ci pose sans enthousiasme sa petite patte brune.

— Enchanté jeune homme. Quel âge avez-vous ? Quinze ans et demi ? Ma fille est peintre et vous avez fait sa conquête. Alors un conseil, ne vous trouvez pas sur son chemin sinon elle vous fera poser pour son prochain tableau. Allons, je vous laisse à vos galopades. Bonsoir.

Alain le suit d'un regard sans aménité.

— Qui est-ce ? demande Kouki.

— Un ami de Pierre-Yves. Un type que je n'aime pas beaucoup. La Gazelle le déteste, l'Agneau en a peur, et la Puce d'Argent le méprise.

— Pauvre homme, rit Kouki, cela doit être accablant de supporter le mépris de la Puce d'Argent. Tu arrives vieux, les autres doivent nous attendre.

Quelle partie endiablée ! Grâce à Master Kouki on a bien inauguré ce premier soir de traversée.

Traqué par les pseudo-policiers, le jeune garçon vient de se réfugier avec le petit Bruno et la Gazelle du côté des cuisines, lorsqu'il voit passer Ling-Tsaï portant solennellement un plateau chargé de vaisselle. Apercevant son jeune maître il s'arrête et posant son chargement sur une tablette proche, commence à rectifier avec minutie les piles d'assiettes.

Kouki se rapproche imperceptiblement.

— Master Kouki, souffle Ling-Tsaï.

— Je t'écoute.

— Pourquoi parlais-tu tout à l'heure avec l'homme à la barbe noire ?

— Quel homme ? Ah ! ce Danley ! C'est un ami d'une famille que je connais.

— Prends garde. Je sais… C'est un homme de Jack Balafre.

Un cri aigu retentit. La Gazelle s'est ruée sur Kouki :

— Sauvons-nous… les gendarmes…

Ils s'enfuient. Reprenant son plateau, Ling-Tsaï s'éloigne à petits pas.

*

Étendu sur sa couchette, les mains sous la nuque, Kouki réfléchit. Cela lui fait du bien de réfléchir. Hier tout s'est succédé à une telle allure : le départ, la rencontre de la Puce, la conversation avec Alain, la visite de l'Agneau, le dîner, la partie de gendarmes et voleurs, et puis cette révélation stupéfiante de Ling-Tsaï : « C'est un homme de Jack Balafre ».

Ce matin, après une bonne nuit, Kouki peut envisager plus froidement cette nouvelle qui, hier au soir, l'abattait un peu.

Un homme de Jack Balafre est à bord !

« Pourquoi ? se demande-t-il. Est-ce pour moi ? M'a-t-on déjà repéré ? Mais non, ce n'est pas possible. On ne peut pas me reconnaître. Alors ?... Simple coïncidence ?... Ce serait étrange ! Après tout pourquoi pas ! Simple coïncidence. »

Sur la tablette, à son chevet il atteint un riche étui ouvragé et allume une cigarette. La fumée semble dissiper ses dernières inquiétudes. « Bah ! tout cela est au fond très naturel... Le bonhomme va rejoindre son maître en Europe comme je le fais moi-même. Les circonstances nous servent plutôt car Ling-Tsaï ne laissera pas passer cette occasion d'obtenir quelques renseignements supplémentaires sur le monsieur qui nous intéresse. »

Ayant ainsi classé l'affaire avec optimisme, le jeune Kouki saute hors de son lit et procède rapidement à sa toilette.

Il enfile son veston de toile blanche, lorsque le garçon frappe, apportant le plateau du petit déjeuner. Monsieur Patrick Mercier se fait servir de préférence dans sa cabine.

« Évitons la publicité, s'est-il dit avec sagesse, ne nous prodiguons pas trop à notre entourage, ainsi nous éviterons d'être trop bavard. Autant que possible ne pas se faire remarquer, ni en bien, ni en mal. »

Il décide de profiter de l'heure matinale pour aller faire un peu de footing sur le pont encore désert.

Ayant avalé une tasse de thé et beurré un toast, il s'en va donc joyeux par les couloirs étroits où un tapis luxueux étouffe le bruit des pas. A l'étage au-dessus une porte s'est ouverte laissant passer un garçon de service portant un plateau et, par l'entrebâillement, Kouki a le temps d'apercevoir le respectable monsieur Danley drapé dans sa robe de chambre.

« Désagréable voisinage », se dit-il avec une grimace.

Il note le numéro 25, et aussitôt sur le pont s'empresse de repérer le hublot de cette cabine.

Il reste un instant en faction devant l'étroite ouverture, résistant au désir de se hisser et de jeter un coup d'œil à l'intérieur. « Un homme de Jack Balafre. »

Un homme qui a approché le mystérieux bandit, ce bandit qui a tué son père et a fait rejaillir sur lui, Kouki, le scandale d'une monstrueuse calomnie !

Kouki serre les poings.

D'un bond il saute sur le tuyau d'arrosage abandonné par un matelot et s'en emparant, dirige le lourd jet d'eau vers le hublot du numéro 25. Une violente exclamation suivi d'une bordée de jurons en toutes langues apprend à Kouki le succès de sa vengeance anonyme et il se sent tout soulagé. Il est ravi. Il ne lâchera son tuyau qu'en entendant la porte de la cabine s'ouvrir et se refermer bruyamment et il se hâte de fuir. Pour son malheur, un matelot l'ayant aperçu l'arrête au passage en le traitant de « garnement » et lorsque l'important M. Danley surgit tout bouillant de colère et tout trempé d'eau, il n'a qu'à laisser éclater son juste courroux sur la tête du coupable.

— Ah ! c'est vous, petit malappris... A-t-on jamais vu des gamins aussi mal élevés ? On se croirait en troisième, ma parole. Oh ! mais ça ne va pas se passer comme ça ; je vais prévenir vos parents et vous allez me suivre chez le commandant, mon garçon... Ce n'est pas parce que vous avez un joli museau d'enfant gâté qu'il faut vous croire tout permis...

Le pauvre Kouki se mord les doigts de dépit.

« Je suis malin décidément, songe-t-il, moi qui ne voulais pas me faire remarquer !... »

Mais une voix paisible interrompt les éclats de Danley.

— S'il vous plaît, monsieur Danley, dit le Prince des Noisettes, je voudrais vous parler.

Immobile à quelques pas il contemple la scène en suçant une sucette au caramel.

L'homme s'est tourné vers lui et retrouve son habituelle physionomie cordiale et empreinte de respectabilité.

— Tiens, bonjour, mon petit ami ; une seconde, le temps de régler une petite affaire, et je suis à vous.

— Mais justement, monsieur, répond Alain toujours calme, c'est pour cette petite affaire que je voudrais vous parler. Ce n'est pas Kouki, c'est moi qui vous ai… douché, monsieur. Je voulais faire une blague à un camarade et je me suis trompé de cabine. Je suis bien désolé, monsieur.

Il n'en a pas l'air et continue à sucer paisiblement sa sucette au caramel. Monsieur Danley rogue, mais soudain calmé, veut bien se contenter de ces explications.

— Je reconnais bien là vos plaisanteries d'un goût douteux, mon jeune ami. Je ne sais pas qu'en penserait votre frère aîné…

— Oh ! vous ne lui en parlerez pas, monsieur, supplie Alain d'une voix hypocrite.

— Je consent à passer l'éponge… accepte monsieur Danley magnanime.

— Chacun son tour de se débarbouiller, interrompt le Prince des Noisettes avec malice.

— Vous dites ?

— Je dis : chacun son tour de se débarbouiller. Moi je vous douche et vous, vous passez l'éponge.

— Décidément vous avez trop d'esprit pour votre âge, dit M. Danley furieux, cela vous jouera un mauvais tour.

Il s'en va drapé dans sa dignité et sa robe de chambre trempée.

— Ces gamins !… Toupet d'enfer… Je les dresserai !

— Tu es un chic type, s'est exclamé Kouki, dès qu'il a disparu. Pourquoi t'es-tu accusé à ma place, Alain ?

— Mais parce que je connais ce monsieur-là. Il n'a qu'une idée : c'est d'ennuyer tout le monde, enfin tous les enfants. Il ne t'aurait pas lâché avant de t'avoir fait servir une algarade par le Commandant et flanqué deux jours d'arrêt. Tandis qu'à nous il ne peut rien nous faire.

— Pourquoi ?

Alain lève un doigt mystérieux.

— Il a peur… Il a peur du Seigneur-Tigre.

— Vraiment ?

— Oui… Mais là, il a vraiment peur, ça se voit. Tiens, ça date d'un jour où Danley avait giflé l'Agneau. Il venait souvent à la maison. Nous, on ne l'aimait pas. Avec la Gazelle on lui jouait des tours pendables, comme dit Tante Mauve. Ça ! pour le faire enrager, on y a réussi. Un jour il a lancé une gifle à la volée. C'est l'Agneau qui l'a reçue, l'Agneau qui ne dit jamais rien et qui est la préférée de Pierre-Yves. Si tu avais vu Pierre-Yves à ce moment là ! Il est devenu blanc. Il a dit quelques mots en je ne sais plus quelle langue, à Danley et ça devait être bien tapé car depuis ce temps là il se tient tranquille ; je ne risquais rien…

— C'est vraiment précieux d'avoir des Princes dans ses relations, rit Kouki. Permettez-moi, Altesse, de vous inviter à prendre avec moi un chocolat glacé au bar.

— Vous êtes trop aimable, cher ami. Je suis très heureux d'avoir pu user de mon influence pour vous rendre service et j'accepte volontiers…

*

Riant tous deux, se poursuivant, ils descendent jusqu'au bar, encore presque désert à cette heure, et hissés sur des hauts tabourets, une paille à la bouche, ils continuent à bavarder de bon cœur.

— J'aimerais connaître ton frère, dit Kouki.

Par-dessus son verre Alain hausse les sourcils pour exprimer combien ce désir lui semble naturel.

— C'est toujours la même chose, dit-il fièrement. Quand on entend parler de Pierre-Yves on n'a qu'une envie, c'est de le connaître et quand on le connaît on n'a qu'une envie c'est d'en parler.

— Il est donc si extraordinaire ?

— Il est… Il est tout. je ne crois pas qu'il existe beaucoup d'hommes comme lui et tout le monde est d'accord pour le dire. Il est beau…

— Blond comme vous ?

— Non, c'est drôle, figure-toi qu'il a les cheveux gris. Il a eu une grande frayeur quand il était petit et peu à peu ses cheveux qui étaient châtains sont devenus gris ; et il n'a que vingt-huit ans mais ça lui va bien quand même. Et puis il est fort comme un Hercule. Il fait de la boxe, de l'escrime, de tous les sports. Il monte à cheval… Et puis avec ça il est doux. Il ne se met jamais en colère… Je riais hier soir quand Tante Mauve disait qu'il avait été pour nous comme une maman, mais je sais très bien que c'est vrai. il s'occupait de nous dans tous les détails, il voulait qu'on soit polis, bien habillés et qu'on vienne lui dire quand on a du chagrin ; il ne se moquait jamais...

Le Prince des Noisettes rougit de ces soudaines confidences.

— Tu es un sensible, sourit Kouki qui le regarde avec sympathie.

— Je te dis ça parce que tu me demandes s'il est extraordinaire...

— Continue, mon vieux, continue. Je commence à en être persuadé.

— Et puis, répond Alain, il raconte des histoires merveilleuses. Même moi qui suis déjà plus vieux que les autres ça m'intéresse encore, et il joue du piano comme un artiste... Nous n'avons plus que lui. Qu'est-ce que nous serions devenus s'il n'avait pas voulu de nous ? On nous aurait mis dans une pension pauvre, moi tout seul et les trois filles au couvent et on aurait grandi sans famille. Je me rends bien compte, tu sais. Après l'accident de papa et maman...

— Tes parents sont morts dans un accident ?

— Oui, un accident d'auto. Maman, je me la rappelle bien. Elle était blonde et belle, belle. Quand on la voyait à côté de Pierre-Yves on aurait cru que c'était sa sœur... Car c'était aussi la mère de Pierre-Yves...

— J'ai compris, ne t'en fais pas.

— Papa... c'était différent. Lui, il vivait presque tout le temps à Paris et maman allait le rejoindre souvent. Nous, les petits, on nous laissait au château avec Pierre-Yves.

Pierre-Yves chassait, se promenait tout seul à cheval. Au début il ne faisait pas attention à nous et moi j'en avais peur. Et puis un jour… j'avais trois ans… c'est Tante Mauve qui m'a raconté ça, parce que moi je ne m'en rappelle plus… un jour nous étions allés nous promener dans les bois. Je voulais cueillir des noisettes et le vieux Jobic m'avait mis dans l'arbre à califourchon. Et voilà Pierre-Yves qui arrive à cheval sur le sentier. Je n'osais pas bouger mais il m'aperçoit dans les feuilles… Il paraît que j'étais tout petit, tout blond avec une petite culotte blanche et des pieds nus, tu vois ça…

— Je vois, dit Kouki, avec un sourire.

— Alors Pierre-Yves s'est arrêté. Il a ôté son grand feutre et il a dit : « Je salue le petit Prince des Noisettes. » Et puis il m'a ramené sur son cheval.

Après il venait nous voir plus souvent et très vite on a pris l'habitude de vivre avec lui et de tout lui raconter. Quand papa et maman sont morts il est devenu quelque chose comme notre tuteur et il nous a emmenés avec lui en Indochine.

— Pourquoi n'êtes-vous pas restés là-bas dans votre château ?…

— Ah ! voilà…

Alain hoche la tête et se replonge dans son verre. Il hésite sur les bords d'une confidence qui doit lui sembler délicate ; mais comme il se sent en confiance avec Kouki et qu'il est très bavard à ses heures, il regrette visiblement de s'arrêter en si bon chemin.

— Une cigarette, propose Kouki.

— Pierre-Yves n'aime pas beaucoup que je fume, soupire le Prince des Noisettes, flatté d'être traité en homme.

— Bah ! Une en passant, ça entretient l'amitié.

Les deux bonshommes sur leurs tabourets tirent gravement quelques bouffées.

— Tout seul ? Qui ça ?

— Votre château.

— Ah ! le château…

Le petit garçon a une suprême hésitation puis se décide parlant à mi-voix comme s'il avouait un crime.

— On l'a vendu.

— Vendu !… pourquoi ?

— Il appartenait à Pierre-Yves et Pierre-Yves était ruiné.

— Qu'est-ce qu'il avait fait pour ça ?

— Lui, rien. Mais c'est… mon père. J'ai entendu une fois Tante Mauve qui en parlait avec le Révérend Père François, à Saïgon. Elle disait : « Ce petit est tout simplement admirable, mon Père. Elle dit toujours ce petit comme s'il n'avait pas 1 m 80. Enfin, ce petit est admirable. Quand on songe que cet enfant habitué à une vie large et luxueuse, a mis en vente son patrimoine, abandonné la terre de ses ancêtres, elle a toujours des termes de poésie Tante Mauve, et s'est exilé, mon père, afin de pouvoir payer les dettes d'un misérable qui non seulement a mangé la fortune de sa femme et de ses enfants mais encore, grâce à des spéculations malhonnêtes celle de son beau-fils… » enfin toute une longue phrase qui n'en finissait plus. Je l'ai entendue heureusement, et à force de la démêler dans ma tête j'ai fini par comprendre un peu…

C'est dur parce que c'est mon père tout de même qu'elle appelait un misérable… Mais quand on pense qu'après cela Pierre-Yves a encore eu le courage de gagner sa vie pour nous, de nous élever, toujours patient et gentil, eh bien ! Je trouve encore plus que c'est un homme extraordinaire…

Quelques passagers ont pénétré au bar durant la conversation. Monsieur Danley arrive à son tour et s'installe à une petite table. Kouki l'aperçoit et derechef un frisson désagréable le secoue. "… Un homme de Jack Balafre ", songe-t-il à nouveau.

Près de lui Alain répète enthousiaste :

— Un homme extraordinaire, tu ne trouves pas Master Kouki ?…

L'adolescent, devenu songeur, soupire et allume une autre cigarette.

— Oui, certainement. Je t'envie, mon vieux. On doit se sentir plus tranquille dans la vie avec un frère comme celui-là. Dommage…

Son regard cherche Danley attablé devant un verre embué de fraîcheur : whisky and soda.

— Dommage, dit-il à mi-voix que ton Seigneur-Tigre ait de si vilains amis…

*

Malgré son désir de ne pas se faire remarquer le jeune Kouki avait déjà acquis une certaine célébrité à bord du *Fortuné* lorsque celui-ci jeta l'ancre à Singapour.

Sa réputation s'était vite établie parmi la jeunesse. On le disait plein d'audace, et d'imagination fertile ; nommé grand capitaine, le renom de ses exploits parvint jusqu'aux grandes personnes. Leurs enfants ne parlaient plus que de courses dans la jungle, tigres, éléphants… Il y eu malheureusement quelques expéditions qui tournèrent mal, et quelques pères pénétrés de leur devoir, firent venir Kouki afin de "lui parler sérieusement".

Il vint, avec un sourire charmant.

Il avait beaucoup lu, Master Kouki, beaucoup regardé, beaucoup réfléchi pour son âge, et pas mal voyagé ; il parlait de toutes choses avec une grâce vivante et l'on se laissait prendre inconsciemment au charme de sa conversation brillante.

Si bien que Kouki, persuadé qu'il passait à peu près inaperçu, eut été fort étonné d'apprendre qu'il faisait souvent les frais de la conversation des adultes.

— Que pensez-vous du petit Patrick Mercier ?

— C'est un véritable démon. Mes enfants sont insupportables depuis qu'ils le connaissent.

— Mais non, je vous assure il est très gentil. Mon mari le

trouve intéressant. Une intelligence précoce ; il y a du mystère en lui…

— C'est un enfant bien isolé ; il tournera mal.

Tante Mauve continue à considérer son neveu d'occasion avec affection et déférence. Elle n'est pas tranquille de se sentir à la tête de ses quatre diables, plus excités que jamais, mais elle prend grand plaisir à parler avec lui. Il vient souvent s'asseoir, près de sa chaise longue et lui tient aimablement compagnie.

De temps à autre il se tait et il regarde l'horizon un long moment. Alors il semble soudain plus âgé, mûri par on ne sait quelle souffrance et quelle profonde solitude.

Kouki voit Ling-Tsaï plus souvent car celui-ci lui apporte maintenant son petit déjeuner. Ainsi, avant de courir à ses distractions, parle-t-il cinq minutes d'affaires sérieuses. Rien de bien nouveau d'ailleurs n'est survenu en ces premiers jours de traversée. La visite de Ling-Tsaï à la cabine de Danley n'a donné aucun résultat appréciable.

Il semble qu'avant de lancer le jeune Kouki dans la mystérieuse aventure, la Providence tient à lui laisser savourer, sans arrière-pensée, ses dernières heures de véritable enfance. Et c'est donc en songeant à la joyeuse promenade qu'il organisera cet après-midi avec les petits d'Armanville dans les rues de Singapour, que Kouki s'habille gaiement ce matin là.

Le navire s'est rangé à quai dès les premières heures de l'aube. On entend, par le hublot, le murmure sourd de la grande ville cosmopolite et chaude de couleurs et de soleil.

— Et puis je vais enfin connaître ce fameux Pierre-Yves, se dit-il ravi. Décidément je reprends goût à l'existence.

Sur ces entrefaites Ling-Tsaï frappe et entre cérémonieux avec son plateau. Kouki lui jette un coup d'œil et interroge aussitôt avec vivacité.

— Quelque chose de nouveau, Bac ?

— Oui, Master Kouki, choses graves.

— Quoi donc, dépêche-toi.

— Je suis allé à terre, ce matin. On m'avait parlé d'un marchand malais, qui sait peut-être des choses. en effet, il demande cher, mais il est bavard.

— Et alors ?

— Il m'a dit que Jack Balafre était à Singapour ;

— A Singapour ?... Il n'est donc pas parti pour la France ? Ou tes premiers renseignements étaient faux, ou celui-là ment...

— On dit que le Maître est bien parti pour la France mais qu'il a fait escale ; que son voyage est retardé. On dit aussi que la fille de Jack Balafre a disparu...

— Tiens, il a une fille cet individu ?

— C'est ce qu'on dit, Master Kouki. On dit aussi qu'il va sans doute repartir. Mais tout cela est vague et l'on ne sait pas exactement ses projets. Restera-t-il ou va-t-il continuer son voyage ?

— Mais il faudrait le savoir Ling-Tsaï, c'est important pour nous. Tâche donc de savoir où habite Jack Balafre.

— Oh ! Master Kouki, proteste l'Annamite avec son sourire de Bouddha, tu ne doutes de rien. Comment pourrais-je savoir cette chose que toutes les polices du monde ignorent ?

Car ceux qui ont voulu pénétrer chez Jack Balafre ne sont jamais revenus.

— Il nous faudra bien pourtant pénétrer jusqu'à lui.

Ling-Tsaï regarde au loin avec une vague frayeur.

— C'est un homme dangereux, Master Kouki. Plus j'en entends parler et plus je pense que tu as tort de le poursuivre.

— Tais-toi, Ling-Tsaï… Est-ce que le devoir d'un enfant n'est pas de venger son père ?

— Sans doute, sans doute, ma petite panthère.

Mais… je sens qu'il va nous arriver malheur.

— Bac Ling-Tsaï tu es stupide. Va-t-en… J'ai besoin de réfléchir sans qu'on vienne me démoraliser, nous restons deux jours à Singapour ; nous trouverons bien le temps et le moyen d'agir.

Resté seul, l'adolescent attrape une tartine et la grignote sans appétit.

Comment savoir si Jack Balafre reste à Singapour ou continue son voyage vers la France ? D'autre part Kouki souhaite prendre contact avec son ennemi.

— Je parlerai moi-même au garçon malais, décide-t-il. Ling-Tsaï est habile, mais la personnalité fuyante du bandit l'impressionne. Enfin, nous verrons bien.

Il glisse son revolver dans sa poche et monte sur le pont qui commence à s'animer.

La Gazelle, l'Agneau Doré et la Puce d'Argent, pimpantes dans leurs robes fleuries, se précipitent vers lui joyeusement.

— On attend Pierre-Yves, disent-elles importantes.

Elles débordent de fierté à l'idée de présenter ce héros à Kouki, mais celui-ci leur répond distraitement, et tout à ses plans d'attaque, vient s'appuyer machinalement aux bastingages.

A quelques pas monsieur Danley fume un gros cigare et semble, lui aussi, attendre quelqu'un.

Kouki le regarde avec antipathie.

Et soudain une idée germe en son cerveau... une idée toute simple comme celle de l'œuf de Christophe Colomb.

Indifférent en apparence Master Kouki se rapproche de l'homme et ne le quitte plus des yeux.

La Gazelle et la Puce d'Argent hurlent tout à coup, en chœur. Elles ont la déplorable habitude de pousser à tout propos des cris aigus qui font tressaillir d'épouvante leurs voisins immédiats.

Du pont supérieur Alain agite son casque.

— Ah ! Kouki, regarde là-bas, voici l'auto de Pierre-Yves.

A cet instant M. Danley se lève, prend sa canne et franchit la passerelle.

Kouki se précipite derrière lui.

*

* *

III

Master Kouki suit une piste

— Où vas-tu, Kouki, où vas-tu ? criait le Prince des Noisettes. Ce n'est pas par ici… Attends-moi.

Kouki, les yeux fixés sur la silhouette blanche de monsieur Danley s'éloignait sans prêter attention à la voix lointaine.

Mais Alain ne se tint pas pour battu et Kouki le vit surgir tout courant à ses côtés.

— Où t'en vas-tu, diable de Kouki ? Tu n'es pas chic. Pourquoi files-tu au moment où le Seigneur-Tigre arrive ?

L'adolescent eut un geste contrarié tout en continuant à marcher.

— Je n'ai pas fait exprès. Laisse-moi, mon vieux. Je suis désolé mais j'ai une course urgente à faire. Je serai sans doute rentré ce soir.

— Ben, il ne manquait plus que ça !

Ils arrivaient à une petite place fort encombrée et soudain Kouki avait perdu l'objet de sa filature.

— Qui cherches-tu ? interrogea Alain de plus en plus interloqué.

— Danley, voyons. Il vient de disparaître tout à coup comme par enchantement. C'est une guigne !...

— Mais non, le voilà là-bas qui monte dans un pousse.

— Ah ! oui, en effet.

Le garçon traversa la place en bousculant tout le monde, avisa à son tour un rickshaws* et promit rapidement à l'indigène un généreux pourboire s'il réussissait à suivre à quelque distance le véhicule orange qui emportait monsieur Danley. L'homme devait avoir l'habitude de ce genre de mission car il démarra aussitôt avec un sourire entendu et prit le pas de course. Il était trop tard pour faire descendre le jeune Alain qui était résolument monté à la suite de son camarade dans la légère voiture.

— Que fais-tu là ? lui dit Kouki franchement mécontent. Tu es... collant à la fin, il n'y a pas d'autres mots. Je n'ai pas besoin d'un gamin accroché à mes basques pour m'embarrasser.

Le Prince des Noisettes, froissé, afficha un masque de dignité hautaine.

— Un gamin ! Oh, mais ne dirait-on pas que tu as dix ans de plus que moi ?

— Si je n'étais pas si pressé je te ferais descendre tout de suite.

— Pourquoi es-tu si pressé ?

* Rickshaws : nom anglais du pousse-pousse.

— Ça me regarde.

— Moi aussi, ça me regarde. Si tu suivais une de ces congayes* aux chicots rouges et au nez épaté je dirais que tu as mauvais goût, mais je n'insisterais pas pour t'accompagner. Seulement c'est le gros Danley, et… veux-tu que je te dise ?

— Oui.

— Eh bien ! Danley, ça me fait peur.

Kouki jeta un regard pénétrant à son compagnon.

— Pourquoi donc ?

— Je crois que ce type là est une fameuse crapule. Je sais que Pierre-Yves le pensait.

— Il n'avait pas tort, murmura le jeune garçon entre les dents.

— Alors, reprit Alain, je pense qu'il vaut mieux être deux quand on a affaire à lui, que tout seul. Je ne te pose plus de questions mais je t'accompagne.

Un silence tomba. Ils traversèrent un quartier de belles habitations anglaises, encadrées de fleurs et d'arbres nommés par les indigènes pahongs*.

— Tu es un brave type, dit enfin Kouki posant sa main sur l'épaule d'Alain.

— Mais non, je suis ton copain, c'est tout.

— Alain je ne veux pas que tu viennes. Peut-être cette promenade va-t-elle aboutir à rien du tout… mais peut-être y aura-t-il du danger.

* Congaye : jeune fille
* Pahong : ou styrax benjoin, arbre ordinaire d'Indochine, de Sumatra, d'Inde…

— C'est bien pour cela que je viens avec toi.

Les yeux noirs de Kouki plongent dans le regard bleu du petit breton.

— C'est curieux ! Je m'étais figuré que tu n'étais pas brave.

Alain rougit légèrement.

— Ne crois pas que je sois brave, dit-il simplement. Je crois même que j'ai souvent peur pour des choses qui n'en valent pas la peine. Mais tu sais bien que M. Danley n'ose rien me faire à moi.

— Il n'y a pas que lui, murmure Kouki soucieux. Comme le coureur fait halte il s'informe :

— Que se passe-t-il ?

Le Malais désigne à une centaine de mètres, arrêté devant un élégant bungalow, le pousse orange de Danley. Celui-ci vient d'en descendre, paye le coolie et pénètre dans l'allée du jardin avec une assurance de propriétaire.

— Et voilà, constate Master Kouki triomphant. Nous sommes à pied d'œuvre. Et maintenant, une dernière fois, va-t-en.

— Vous me faites injure, cher ami, proteste le Prince des Noisettes offensé.

— Alors tant pis ? A Dieu vat !

Restés seuls au bord de l'avenue les deux garçons se sont approchés de l'habitation ; mais ils s'aperçoivent vite que l'entrée en est gardée par trois Chinois en robes voyantes.

— Rien à faire de ce côté-là, dit Kouki.

— Pourquoi ? Si tu tiens absolument à voir monsieur Danley tu n'as qu'à entrer et le demander.

— Non, ce n'est pas mon système. Et puis tu m'as dit que tu ne me poserais plus de questions.

— Bon, très bien…

Ils s'éloignent les mains dans les poches, en flâneurs, car la porte d'une villa voisine s'est ouverte sur un groupe de jeunes anglais vêtus de blanc et leurs raquettes sous le bras. Alain exagère son apparente indifférence car il est ravi de jouer les détectives. Ils prennent une petite rue adjacente, ombragée de grands arbres qui contournent le jardin du bungalow, mais le mur qui le borde est énorme et très haut, sans fissures et de nature à décourager les plus hardis cambrioleurs ; Alain résume la situation :

— L'entrée est avenante mais trop bien gardée et de ce côté-ci c'est plutôt rébarbatif. Que fais-tu ?

— Je fais travailler mes cellules grises, répond Kouki le nez levé vers la crête du mur, c'est un moyen recommandé par je ne sais quel policier célèbre. Eurêka, crie-t-il tout à coup.

— Quoi donc ?

— J'ai trouvé… les arbres.

Master Kouki ressemble peut-être à un chat, en tout cas il a certainement quelque parenté avec un singe, car en moins de temps qu'il ne faut pour le raconter, il se trouve au faîte d'un des arbres et plonge un regard avide par-dessus le mur. Alain le rejoint avec souplesse quoique plus lentement.

— Que vois-tu, Kouki ?

— Rien d'extraordinaire. Un bassin au pied du mur, des arbres et puis la maison. De ce côté elle semble presque sans ouverture comme une maison chinoise ; à peine une petite porte.

— C'est curieux ; elle n'a pas du tout le même aspect que la façade.

De son perchoir Kouki jette un regard alentour.

— Comment descendre ? Ce n'est pas commode. Il y a bien un arbre mais il est loin ; il faudrait pouvoir sauter.

— Oh ! impossible…

Master Kouki fronce les sourcils sous ses boucles noires emmêlées.

— Il ne faut jamais dire impossible, mon Prince. En tout cas, ça vaut la peine d'essayer.

Il s'accroupit, ramassé sur lui-même à la pointe extrême d'une branche.

— Non, ne fais pas ça, tu es fou, supplie à mi-voix son compagnon.

Mais déjà Kouki vole dans l'espace, lancé, forme blanche, les bras étendus.

De justesse il rattrape la branche qu'il a visée et se balance un instant, puis d'un souple mouvement de reins, se remet en équilibre à califourchon.

— Et voilà ! Il songe rieur : « Si tu me voyais, Danley tu pourrais dire alors que j'ai des muscles de jeune tigre. Mais je préfère que tu ne me voies pas. »

De l'autre côté du mur, Alain rit, un peu pâle.

— T'avais l'air d'un ange.

Kouki ne perd pas son temps à commenter ses réussites sportives ; il jette un regard vers le bungalow.

— Rien ne bouge... alors, allons-y.

Et il commence à descendre prudemment. Alain le rappelle d'une voix étouffée.

— Qu'est-ce que je vais faire, moi, Je ne pourrai jamais sauter comme toi.

— Alors reste où tu es, cher vieux. Ou plutôt retourne à bord. Il va être l'heure de déjeuner. Et si je ne suis pas rentré dans trois semaines tu feras dire une messe pour le repos de mon âme.

— Oh ! non, Kouki, j'enrage !

Alain désespéré, s'agite à quatre pattes sur sa branche :

— Tu as l'air d'une poule qui voit se jeter à l'eau les canetons qu'elle a couvés, dit encore l'incorrigible Kouki en pouffant de rire.

L'expédition marche bien. Son optimisme naturel surmonte la crainte vague qui l'oppresse. D'un bond élastique il saute dans les herbes hautes, observe un instant la maison, puis se rapproche à pas lents sous le couvert des arbres.

Le petit jardin est étrangement silencieux, il semble dormir sous la chaleur écrasante. De belles orchidées, mauves et pourpres, petits monstres fantastiques, éclatent parmi les lianes.

Soudain un "plouf" retentissant trouble le calme de cette thébaïde exotique. Kouki surpris, un peu effrayé, se retourne pour voir s'élever une gerbe d'eau du bassin aux nénuphars, puis surgissant à la surface, aussi dorée que les fleurs, c'est la tête d'Alain qui tousse, crache, tire sa brasse, se hisse sur les bords comme un caniche humide et rattrape son casque à la dérive. En quelques enjambées il a rejoint son ami.

— Tu n'es pas fou, dit Kouki d'une voix basse mais véhémente.

— Pas plus que toi. Tu m'as donné une bonne idée en me parlant de la poule et de ses canetons. J'ai plongé.

— Idiot, crois-tu que nous soyons en train de jouer aux gendarmes et aux voleurs ?... Tu aurais pu nous faire repérer et on y aurait gagné autre chose qu'un gage.

Alain se tait, contrit, mais son camarade le voit s'étendre à plat ventre dans les herbes hautes.

— Qu'est-ce qui te prend encore ?

— C'est pour nous rapprocher en rampant ; ça fait plus Peau-Rouge.

— Décidément tu t'imagines qu'on s'amuse... dit Kouki haussant les épaules.

Mais il imite son camarade et c'est en rampant avec précaution qu'ils atteignent la façade aveugle du bungalow.

Une seule porte s'y dessine. Kouki, redressé, s'enhardit à y poser les doigts ; aussitôt sous la pression légère, la porte lentement s'entrouvre, découvrant un passage étroit et sombre comme une malle. Les garçons reculent mais Master Kouki a vite repris son sang-froid.

— On y va ? chuchote-t-il.

Alain acquiesce sans enthousiasme ; le mystère ambiant commence à lui peser. Kouki sort résolument son revolver.

— Chouette de veinard, murmure Alain admiratif, moi

qui ai toujours rêvé d'en avoir un. Il faudra que je demande à Pierre-Yves de m'en faire cadeau d'un si nous entreprenons encore des expéditions de ce genre.

Kouki a un furtif sourire. Il est grave ; il songe au but à atteindre et que ce but est peut-être proche ; suivi de son camarade, il s'engage résolument dans l'étroit couloir.

Au bout de quelques pas ce couloir tourne et les deux adolescents se trouvent soudain plongés dans une obscurité profonde.

— Zut ! chuchote Kouki, j'ai oublié la lampe électrique.

Ils continuent cependant quelques mètres encore qui leur semblent interminables.

— Ce couloir n'en finit plus, soupire le pauvre Alain, de moins en moins rassuré.

— Tiens-moi par mon veston, lui dit brièvement Kouki.

Il est obligé de marcher la main gauche en avant, l'autre tenant son arme. Puis une lueur diffuse, un peu verdâtre, glisse vers eux. Un rideau de soie leur masque une ouverture. Avec des précautions infinies Kouki l'écarte. Il découvre une vaste pièce élégante meublée à l'européenne, d'un luxe sobre et de bon goût ; un éclairage indirect illumine de somptueux panneaux de cuir vert et de soie émeraude alternés ; la pièce semble déserte. La main crispée sur le revolver, Kouki se décide a y pénétrer suivi d'Alain, peu rassuré.

Des nattes blanches et soyeuses étouffent le bruit des pas. On voit sur la gauche un grand bureau couvert de papiers en désordre. Kouki y jette un regard rapide et son cœur s'arrête : le nom, le nom est là, apposé en signature au bas de ces feuilles qu'il reconnaît vite être des traites de vente en anglais ou en chinois : « Jack Balafre ».

Ce n'est donc pas un mythe cet homme insaisissable… et Kouki a pénétré en son repaire.

Il s'assied à la table, les mains fiévreuses. Alors il voit ouvert devant lui un livre de cuir rouge. Ses yeux accrochent au passage quelques strophes en vers libres français :

« J'aime ma petite sœur la brume lorsqu'elle monte du creux des bois…

«...avec son parfum de fumée et de neige prochaine… »

« C'est joli, songe-t-il, mais qu'est-ce que ça fait là ?… »

Sur une feuille de papier blanc marquant la page est jetée une adresse qu'il déchiffre avec étonnement :

« Château de la Marée, par Saint-André (Eure) France. »

A côté du livre une autre feuille porte la même adresse recopiée d'une encre encore fraîche. Ce symptôme émeut Kouki. Quelqu'un écrivait là quelques secondes auparavant ; ce quelqu'un va peut-être revenir ?

Près de lui le pas d'Alain glisse, léger :

— Kouki ?

Il est vert.

— Kouki, allons-nous-en. Il y a des hommes là.

— Où là ?

— Dans la pièce à côté. je les ai vus en soulevant une tenture. Ils sont une dizaine à peu près : des Chinois riches, des Européens…

— Et que font-ils ?

— Ils sont étendus. Ils fument…

Ah ! voilà d'où vient cette étrange odeur à la fois âcre et sucrée qui intrigue Kouki : l'opium ! Cela aussi c'est bien la signature de Jack Balafre, songe le jeune garçon : une fumerie clandestine !

Prestement il glisse dans la poche intérieur de son veston le petit livre et les deux papiers aux adresses, jette un dernier coup d'œil aux autres documents mais n'insiste pas. Lui aussi, malgré sa hardiesse, a hâte d'être loin ; il préférerait jouer à cache-cache sur le pont du *Fortuné*.

— Allons, partons. Viens vite…

Ils retrouvent le petit couloir ténébreux et marchent l'un derrière l'autre.

— J'ai peur, dit Alain, comment ferai-je tout à l'heure pour regrimper le mur ?

— Nous verrons bien. Ne te préoccupe pas à l'avance. Tout a bien marché jusqu'ici.

Mais son bras se pose brusquement sur celui de son compagnon.

— Écoute.

Ils restent immobiles plaqués à la paroi. Près d'eux vient de s'élever un bruit étrange, un glissement doux, à peine perceptible.

— Qu'est-ce que c'est ? dit le pauvre Prince des Noisettes, haletant.

— Je ne sais pas. Tais-toi.

Ils attendent un long moment, les yeux agrandis, cherchant à percer le mystère de cette nuit opaque.

— Nous avons rêvé. Viens, dit Kouki.

Résolument il reprend sa marche en avant. Mais le sol se dérobe sous ses pas ; il sent qu'il part tournoyant, dans un puits d'ombre… Alain entend son cri d'angoisse atroce. Puis à nouveau il y a ce glissement doux… et le silence noir retombe.

*

* *

IV

Ils pleurent de l'argent sous la lune

Kouki rêve qu'il est dans sa barque légère, sur le bassin aux lotus bleus de la montagne. Il se balance, se balance, tant et si bien que tout finit par chavirer et le petit chat coule à pic dans les profondeurs noires suffocantes. Il se débat, il crie :

Au secours… Au secours… Daddy… Dad !…

Mais Dad ne peut rien pour son petit enfant ; il marche sur la rive, les yeux fermés avec un long ruban de sang rouge sur la joue, une grande fleur de sang rouge au cœur.

Dad est mort… Kouki est seul. Il doit se sauver seul. Il se débat sauvagement, ligoté par une angoisse immense qui lui paralyse bras et jambes…

Soudain il a retrouvé la surface de l'eau. Il respire à grands coups, échoué comme un poisson mort sur la berge, et il doit faire une nuit profonde car Kouki ne voit partout que du noir sans étoiles.

Vite, il faut courir jusqu'au bungalow, demander à la brune ayah roucoulante quelque consolation, une orange ou peut-être une douce chanson khmer*... Kouki se redresse mais retombe lourdement en gémissant. Il a mal partout. Où sont donc ses mains?... Ah! les voilà, dans son dos, liées rudement l'une à l'autre. Pourquoi?

— Que les génies de l'étang aux lotus bleus sont donc méchants! gémit-il. Le son de sa propre voix déchire la brume du cauchemar.

Kouki peu à peu reprend possession de lui-même, se récupère morceau par morceau : sa tête est lourde, ses mains nouées, ses jambes écorchées, ces pieds ligotés.

— Qu'est-ce que j'ai? Je suis tombé. Oui... dans le couloir. Qu'il fait noir!...

Il comprend tout à coup pourquoi il fait si noir. Un bandeau est lié sur ses yeux si rudement que son nez en est douloureux; ses joues, sa bouche sont poissés d'un liquide tiède et fade... « du sang! »

— J'ai du ramasser une bonne bûche!

Comment cela s'est-il passé? Une trappe sans doute, ouverte sous leurs pieds. Et Alain, où est-il?

— Alain! appelle Kouki à mi-voix.

Mais rien ne lui répond.

Il essaye encore une fois de se redresser, il y renonce; il a mal partout.

Il se rend compte qu'il doit être jeté en quelque hangar car il sent sous lui un sol de terre battue et il respire des odeurs fortes et mêlées, odeurs d'épices, de marchandises.

* khmer : du pays Khmer

« Jack Balafre » songe-t-il avec amertume.

Ah ! non Jack Balafre n'est pas un mythe…

S'être fait prendre si vite ! Master Kouki en pleurerait des larmes d'humiliation. Il se dit qu'il est profondément abandonné, une misérable chose jetée dans un coin.

C'est que, voyez-vous, on pourrait très bien le noyer avec une pierre au cou, et il n'y aurait personne, à part Ling-Tsaï, pour s'aviser qu'il n'est plus là et en avoir de la peine…

— Je suis tout seul, dit-il tout haut, d'une voix d'enfant triste.

« On verra bien », décide Kouki.

Et il essaye de sourire pour lui tout seul, bien que ce soit difficile, avec sa bouche meurtrie. Puis il commence à ramper à la recherche d'une caisse, d'un objet quelconque où il puisse user patiemment les cordes qui le retiennent. Il serre les dents afin de ne pas gémir car tout son corps est douloureux.

Soudain il s'arrête l'oreille tendue. Un murmure de voix vient de s'élever et s'approche. Bientôt Kouki devine que dans la pièce voisine des hommes sont entrés et discutent âprement. Toutes ses facultés auditives en alerte, l'adolescent essaye de surprendre un mot, des bribes de phrase.

En vain il distingue seulement deux voix rudes auxquelles répond par instant un timbre plus sourd, glacial et dur.

La discussion semble se prolonger. Kouki lassé, déçu, reprend ses pérégrinations reptiliennes mais très vite encore il doit s'immobiliser, se rejeter sur le sol, faisant le mort.

« On » vient de rentrer dans le hangar.

Des pieds nus glissent près de lui sur le sol de terre battue, s'arrêtent. On se penche et le jeune garçon reçoit en plein visage le souffle parfumé à l'ail et au bétel* d'un coolie chinois. Il sent les mains sales se poser sur lui et il ne peut retenir un instinctif mouvement de dégoût. L'homme ne semble pas s'en formaliser. D'un doigt agile il dénoue les liens qui enserrent les poignets et les chevilles du jeune garçon, puis il le saisit par les bras. Kouki comprend qu'il doit se lever, ce qu'il fait gauchement, tout endolori, titubant de fatigue, tandis que son geôlier l'entraîne.

Maintenant Kouki doit être au milieu de ces hommes qui discutaient tout à l'heure. Un lourd silence pèse, mais il entend les respirations proches, et quelqu'un souffle la fumée d'une cigarette.

Kouki a l'impression que les battements de son cœur font un bruit énorme. Il se tient là, debout, mince et long, toujours gracieux à son insu, malgré ses vêtements salis et sa figure souillée de sang : ses boucles noires retombent sur son bandeau. Comme personne ne bouge, il cherche son mouchoir dans sa poche et ne le trouvant pas, s'essuie le visage sur sa manche.

Ce geste enfantin provoque près de lui un petit rire étouffé, ironique. Un des hommes s'approche, Kouki se raidit prêt à la lutte. Mais une main ferme le saisit par le bras.

* bétel : un mélange de noix de bétel, de chaux et de feuilles d'arequier, que chiquaient les habitués, colore les dents en rouge.

A nouveau, sans un mot, on l'entraîne ; Il butte contre les marches d'un seuil et le souffle d'air frais qui l'accueille lui apprend qu'il est sorti et qu'il fait nuit.

— Good walk, dit derrière lui une voix ricanante.

L'homme qui le guide ne répond rien. Une porte se referme ; et l'homme se met à marcher à grands pas par une petite ruelle nauséabonde.

« Où m'emmène-t-on ? J'ai peur » se dit le pauvre Kouki de plus en plus étourdi. Il a très mal à la tête, il a terriblement soif… L'homme qui le guide doit être grand et fort, il marche d'un pas rapide. Kouki le suit comme un automate.

Il n'en peut plus, il gémit tout bas. Alors, brusquement l'homme s'arrête, lâchant le bras de sa victime ; mais c'est à peine si le pauvre Master Kouki songe un instant qu'il pourrait en profiter pour s'enfuir… Il est si las.

Ses jambes sont comme du plomb ; il n'irait pas bien loin dans cette ville inconnue…

Il entend l'homme près de lui, fouiller dans ses poches, déboucher un flacon.

Puis une robuste main chaude se pose sur sa nuque, un mouchoir parfumé d'une essence fraîche essuie doucement le visage maculé de sang et de terre, son nez meurtri, son front blessé… Kouki en reste anéanti, sans pensée, tellement stupéfait qu'il murmure machinalement :

— Merci monsieur.

Mais déjà, il se sent enlevé de terre, il repose entre deux bras forts joue contre l'épaule qu'il sent dure et noueuse, sous une veste de soie bourrue. Et l'homme reprend sa marche de son pas souple, aussi à l'aise avec le long garçon entre les bras que s'il y tenait une poupée.

Kouki ne sait décidément plus où il en est. Sa tête bourdonne… Qui est cet homme ? Que veut-il, Où l'emporte-t-il ? Les pensées de Kouki s'élaborent de plus en plus difficilement, de plus en plus vagues, heurtant à grands coups son front douloureux.

Il s'enlise dans une sorte de béatitude résignée. Il se répète encore pour se sentir en éveil « J'ai peur… » mais sans conviction.

L'homme qui l'emporte sent le tabac fin, le santal, une odeur d'homme riche et soigné…

Ils doivent maintenant aller sous les arbres, car la senteur profonde des aréquiers dans la nuit, flotte autour d'eux avec la rumeur sourde, plus atténuée de la ville, la musique langoureuse d'un jazz qui déroule une valse lente, presque charmeuse d'être lointaine…

Et soudain, dans l'étrange torpeur où peu à peu il sombre, Kouki perçoit tout proche, un bruit frais et perlé, un bruit tant aimé…

— Ah ! où sont donc les jets d'eau ? soupire-t-il à mi-voix avec un sourire ébloui.

Serait-ce possible ? L'aurait-on ramené au bungalow de la montagne ?

— Est-ce vous Dad ?

Mais au son de la voix incertaine, l'homme s'est arrêté. Et il parle :

— Que dis-tu ?

Kouki reconnaît la voix brève et froide, au timbre grave qui, tout à l'heure, répondait aux deux autres plus grossières.

Cependant l'homme a posé sa question doucement.

— Que dis-tu ?

— Je dis que j'aime la chanson des jets d'eau, répond Kouki tout bas, comme s'il confiait un secret à un ami cher.

Un instant de silence tombe : puis l'homme parle à nouveau.

— Tu l'aimes… Moi aussi. Écoutons-les…

Et voici qu'ils restent immobiles, tous deux, au milieu du jardin, groupe étrange, l'homme inconnu et le garçon dans ses bras avec un bandeau d'aveugle. Autour d'eux la nuit semble bercer, infiniment tiède et odorante.

L'homme reprend :

— Ils pleurent de l'argent sous la lune…

Et sa voix de bronze, mystérieuse, donne aux mots un charme si prenant que Kouki en a brusquement les larmes aux yeux.

Mais l'étrange inconnu a repris sa marche ; ses bottes écrasent un gravier fin, résonnent sur les marches d'un perron, sur le dallage d'une salle traversée.

Puis de nouveau c'est le souffle de la nuit, ils doivent être dans une sorte de véranda ; Kouki se sent déposé sur un divan moelleux. Une fine odeur d'encens règne alentour.

L'homme s'est éloigné ; d'une pièce voisine, Kouki l'entend décrocher un appareil téléphonique et converser longuement. Il essaye d'arracher son bandeau mais les nœuds sont très serrés et ses doigts engourdis.

D'ailleurs l'homme revient.

Redressé sur le coude, le jeune garçon attend. Est-ce qu'enfin il va savoir… savoir ?

Des doigts habiles ont cherché dans sa chevelure les nœuds du bandeau.

Et le bandeau tombe.

Il semble à Kouki qu'il n'aura jamais assez de deux yeux pour tout voir.

Il se trouve soudain baigné par un clair de lune saisissant dans une véranda grande ouverte aux lourds parfums de la nuit.

Mais c'est vers l'homme qui se tient debout devant lui que les yeux de Kouki s'attardent, démesurément ouverts.

Le voilà donc l'étrange compagnon à la voix profonde. Il est grand et mince, chaussé de bottes fauves, vêtu de knickerbockers* et d'une veste de soie mate qu'avive au cou un léger foulard à dessins rouges.

Il a une belle tête triste, fortement hâlée, une bouche fine et amère sous un nez parfait. Ses cheveux rejetés en arrière doivent être sombres mais grisonnent déjà aux tempes.

Une flamme ironique danse dans les yeux très bleus qui fixent le jeune garçon ; car Kouki ne se rend pas compte à quel point il est drôle avec ses immenses prunelles noires écarquillées.

Et l'homme sourit. Son visage un peu dur et froid en est tout éclairé. Il parle doucement.

* knickerbockers : pantalons de cheval

— Hello, Master Kouki ?… Comment va, mon petit camarade ?…

Kouki a sursauté.

— Vous me… Vous me connaissez ?

— Il faut croire.

— Mais… qui êtes-vous ?

L'homme penche un peu la tête de côté, et son sourire s'accentue, il semble soudain très jeune.

— Je suis le Seigneur-Tigre, dit-il avec mystère.

C'est une lumière, un firmament qui s'ouvre dans la pensée endolorie de Master Kouki.

Instinctivement il tend les mains, il balbutie :

— Oh ! vous… vous, Pierre-Yves… le grand frère !

— Oui, le grand frère.

— C'est merveilleux !… Ça fait du bien, répète Kouki.

Oui, ça fait du bien, pauvre Kouki !… Ne plus être seul, ne plus être abandonné, sentir sur soi l'ombre protectrice et puissante d'un Seigneur-Tigre… La voix d'Alain murmure : « Il est beau… si fort… et si doux ».

C'est vrai comme il a l'air fort ! Ses gestes sont tout empreints de cette même force tranquille et rassurante. Et comme il a l'air doux quand il sourit ! Alors, c'est donc là Pierre-Yves, le célèbre Pierre-Yves…

— Mais comment se fait-il ? Comment avez-vous pu ? Savez-vous ce qu'est devenu Alain ?

D'un geste presque maternel, le comte de Kervignys oblige le jeune aventurier à s'étendre de nouveau.

— Ne bouge pas trop, mon petit. Avec ta tête fêlée, cela

ne vaut rien. Je vais tout t'expliquer. Mais auparavant tu vas te rafraîchir un peu et te restaurer.

Un beau garçon malais, vêtu de vert jade, vient d'entrer, chargé d'un plateau qu'il dépose sur une table basse près du divan.

— Ton déjeuner de ce matin doit être loin, reprend Pierre-Yves de Kervignys en s'asseyant. Il prépare une limonade ajoutant un peu de glace et deux longues pailles... Voilà pour toi. Cela te fera du bien, on dit que la peur sèche la gorge.

Comme Kouki fronce les sourcils, légèrement vexé de cette insinuation, le jeune comte a son petit sourire de coin.

— Il ne faut pas être honteux d'avoir peur, mon gars. Le principal est d'agir avec courage et sang-froid. C'est ce que je répète toujours à Alain, qui deviendra un homme d'une folle audace avec une âme de lièvre. Ce brave Alain tout de même !... Veux-tu un peu de poulet froid ?

— Je veux bien !... acquiesce Kouki sagement.

Il se sent anéanti et heureux. Il n'y a plus de Jack Balafre, d'aventuriers et de trafiquants de stupéfiants. Tout cela a disparu comme par enchantement dans la nuit bleue. Il n'y a plus qu'un jeune garçon et son grand frère. Il est maintenant presque obligé de faire effort pour demander :

— Pourriez-vous m'expliquer alors monsieur ?

— Nous y voilà... Mais d'abord je ne veux pas de ce monsieur intempestif ! Pierre-Yves, Seigneur-Tigre, tout ce que tu voudras... Compris ? Bon... Donc ce matin, en arrivant à bord du *Fortuné* j'ai été assez surpris de ne pas apercevoir mon Prince des Noisettes. Au déjeuner, toujours pas d'Alain. J'étais mécontent, je l'avoue. Qu'est-ce que c'est ces manières, quand on n'a même pas pour deux sous de plomb dans la cervelle, de partir sans crier gare, parce qu'une odeur d'aventure a passé dans l'air.

Kouki baisse le nez. Hum ! On ne doit pas être fier quand le Seigneur-Tigre n'est pas content.

— Enfin, poursuit celui-ci, j'ai vu revenir vers les quatre heures, mon Alain tout chaviré, me racontant une histoire insensée à laquelle tu étais mêlé ; je n'y ai pas compris grand chose, ma parole... Il paraît que vous vous êtes amusés à filer comme des policiers mon ami Danley ? Pourquoi donc ? Vous le preniez pour un bandit quelconque ?

Sous la question directe et le regard pénétrant qui l'accompagne Kouki se dérobe. Malgré la confiance spontanée que lui inspire Pierre-Yves il est trop habitué à vivre seul avec son secret pour entrer dans la voie des confidences plus détaillées.

Il se contente de hocher la tête en murmurant :

— Peut-être.

Pierre-Yves rit légèrement tout en envoyant un jet d'eau de Seltz dans son verre.

— Ah ! ces enfants avec leurs romans d'aventures ils sont inouïs. Mais je le connais, ce pauvre M. Danley c'est le plus brave homme qui soit ; il n'a qu'un défaut : c'est d'aimer l'opium. Il a sans doute profité de son escale à Singapour pour s'offrir une petite pipe... Et voilà mes deux bonshommes qui vont donner la tête la première dans une fumerie clandestine. Seulement ces messieurs ne plaisantent pas avec les indiscrets. Leurs établissements réservent à ceux-ci quelques surprises dans le genre des trappes…

Kouki est de plus en plus mortifié. Mais il se rassérène en sentant contre sa poitrine le petit livre rouge et doré qu'il rapporte en butin ; la filature de monsieur Danley ne lui apparaît pas aussi stupide qu'à Pierre-Yves.

— Mais Alain, interroge-t-il, comment a-t-il pu s'en tirer pour vous rejoindre ?

— Il te racontera ça lui-même. Je lui laisse ce plaisir. Il a eu du cran ; mais pour l'instant il paye ses émotions. Je viens de téléphoner au *Fortuné* afin de rassurer la Puce d'Argent qui ne pouvait pas s'endormir, l'Agneau qui se noyait dans ses larmes et la Gazelle qui parlait de partir à ta recherche. Tante Mauve m'apprend que ce pauvre Prince des Noisettes est jaune comme un citron. Il n'a jamais eu le foie bien solide et après une frousse pareille !…

Enfin tout cela n'est pas bien grave. J'ai la chance de connaître un peu tout le monde à Singapour et un peu tous les mondes. Je n'ai eu aucune peine à obtenir ta libération et à te ramener jusque chez moi.

— Comment vous remercier ? murmure l'adolescent. Comment vous remercier de vous être ainsi occupé d'un étranger ?…

La main large et chaude de l'homme se referme sur celle de Kouki et à nouveau sur son visage sévère passe le beau et rassurant sourire.

— Ne t'a-t-on pas dit qu'aucun enfant n'est pour moi un étranger, Master Kouki, et que ceux qui sont seuls ou abandonnés, peuvent compter plus que d'autres sur le Seigneur-Tigre ?

— Je ne l'oublierai pas, dit Kouki. Comme vous êtes bon de me dire cela !

Oui, c'est exactement ce qu'il avait besoin de s'entendre dire. Comment cet homme aux yeux tour à tour perçants et doux a-t-il pu deviner que Master Kouki était si seul et abandonné ?...

Pierre-Yves de Kervignys s'est levé et a étendu une couverture légère sur le rescapé.

— Un bon somme maintenant, mon petit camarade. Et tu seras frais et pimpant pour reparaître demain, devant toutes tes admiratrices. Il m'a paru, en effet, que tu étais la coqueluche de ces belles dames.

— Oh ! non, dit Kouki, franchement contrarié. Ce n'est pas vrai. Je ne connais presque personne à bord.

— Tiens, j'avais eu l'impression du contraire. Tout le monde me parlait de toi avec inquiétude. On s'étonnait de ta disparition...

— C'est stupide. Je n'aurais pas voulu qu'on sache cette aventure idiote.

— Ne t'inquiète pas. J'ai passé mes ordres, les quatre diables sauront se taire. Tu seras libre de raconter que tu t'es fendu le tête en glissant sur une peau de banane.

— Et... et monsieur Danley s'est-il aperçu... enfin s'est-il douté ?

Les yeux pénétrants du jeune homme cherchent le regard anxieux de Kouki.

— Je ne pense pas, dit-il lentement. Je ne l'ai pas revu aujourd'hui.

— Ah ! tant mieux. Vous ne lui parlerez pas, dîtes ?

— Tu peux être tranquille, mon garçon. Maintenant, dors bien et à demain.

Il s'éloigne de quelques pas et s'assied au bord de la terrasse dans un des grands fauteuils de bambou et de cuir vert.

De sa place, étendu sous le plaid, Kouki ne voit que son profil perdu, couleur de bois et ses cheveux drus et pâles. Le comte prend dans une petite boîte d'argent ciselé quelques bâtonnets d'encens, les allume, et les plante dans un brûle parfums.

L'odeur langoureuse monte plus dense, mêlée à l'odeur forte de la nuit.

Kouki se revoit sur la terrasse du bungalow de la montagne, accroupi à même les dalles, dans sa robe chinoise à fleurs de jade et d'or, brûlant lui aussi des bâtonnets d'encens à la lune.

Cette senteur mystérieuse dans l'ombre c'est tout le parfum de son enfance libre et insouciante qui revient vers lui.

Et il soupire détendu.

— Je suis heureux.

Pierre-Yves l'entend sans comprendre ce qu'il murmure ainsi.

— Tu désires quelque chose, garçon ? demande-t-il se levant aussitôt et se rapprochant du divan.

Mais voici que Kouki s'est endormi, tombant à poings fermés, comme un enfant, dans un sommeil sans rêves.

Un instant l'homme reste immobile, regardant le visage racé de l'adolescent, notant sous sa peau lisse et dorée, les pommettes un peu saillantes, seuls traits rappelant le sang jaune car le nez est fin, les lèvres rouges…

Il a une moue indulgente un peu dédaigneuse.

— Il est joli, ce gamin, murmure-t-il. Trop joli. Il ne sera pas heureux.

Il se penche maintenant vers le visage endormi, baigné de clarté. Ses traits deviennent plus durs.

Il dit encore entre les dents :

— Mais que diable allais-tu faire, petit indiscret ? Que diable allais-tu faire dans le repaire de Jack Balafre ?… On ne s'attaque pas à cet homme-là !…

*

* *

V

Pour le petit livre rouge

— Bonjour ami.

Introduit par le boy malais, Kouki est apparu dans le petit salon tendu de vert et d'or où monsieur Pierre-Yves de Kervignys lit tout en fumant une courte pipe.

La portière retombée derrière lui, le jeune garçon s'avance vers son hôte, de son pas souple. Il est, en effet, tout frais et pimpant, sa veste et sa cravate ont été repassées par les soins du boy, et seules ses longues jambes égratignées et une légère meurtrissure bleue au-dessus de l'arcade sourcilière rappellent son aventure de la veille.

— Tu m'as l'air tout à fait d'attaque, dit Pierre-Yves cordialement. bien dormi ?

— Oh ! Merveilleusement.

— Parfait. Vous prenez le thé avec moi, jeune homme ?

— Très volontiers.

Kouki s'assied à son aise, ravi de son aventure. Ses yeux font discrètement le tour de la pièce qui est exiguë mais somptueuse. De magnifiques tentures vert d'eau ornent les murs, brodées de terrifiants dragons d'or. Kouki, qui a étudié avec passion les arts de son pays, note un splendide paravent laqué, feuille morte, garance et mandarine tons sur tons, des potiches de Hué d'un bleu violet si profond, de ces urnes funéraires qu'on met auprès des tombeaux des empereurs, et de beaux plats d'émaux cloisonnés…

— Il est vraiment très riche, songe-t-il tandis que son regard revient vers le seigneur de ces lieux.

Celui-ci penché sur un petite table, verse le thé ambré dans de fines tasses de porcelaine chinoise.

— Sers-toi, mon garçon. Il y a de tout dans ces petits plats. C'est le dîner de Madame Chrysanthème ; j'avoue qu'en ma qualité de Français et de poète, je suis amateur de pittoresque. J'aime le luxe exotique.

— Vous avez là, en effet, quelques belles pièces, dit Kouki désignant les objets qui ont retenu son attention tout à l'heure.

— Je vois que tu t'y connais ; pourtant les arts d'Orient sont compliqués et subtils. On nous vend dans les magasins des horreurs et mon boy donnait à boire à son chien dans cette magnifique poterie du règne de K'ang'hi, du XVIe siècle ; note les nuances délicates « sang de bœuf » et « peau de pêche ». Tu as vécu longtemps en Indochine ?

— J'y suis né.

— N'aurais-tu pas un peu de sang asiatique dans les veines ?

— Oui… C'est-à-dire… non, s'interrompt précipitamment Kouki se souvenant à temps qu'il s'appelle Patrick

Mercier. Mon grand-père était Américain.

— Ça n'est pas tout à fait la même chose, en effet, dit le jeune comte qui ne voit pas l'analogie.

— En effet, approuve Kouki avec un secret mépris à l'égard de son pseudo-aïeul yankee. Il a toujours été très fier de sa lignée d'ancêtres mandarins, et il lui en coûte de la renier ainsi.

Par dessus la vapeur odorante de sa tasse de thé, Pierre-Yves l'observe de ses yeux aigus.

— Tu me rappelles quelqu'un, c'est curieux, dit-il soudain en souriant.

— Qui cela ?

— Une petite fille.

— Merci bien, dit Kouki qui rougit violemment mais prend l'air vexé.

— La fille d'un homme très méchant.

— Décidément, de mieux en mieux…

La sonnerie du téléphone interrompt leur conversation.

Pierre-Yves décroche l'appareil à portée de sa main.

— Allô, oui… Ah ! Bonjour ma Tante… Mais très bien, je vous remercie. Et dites-moi, comment va mon Prince des Noisettes ?… De la fièvre ce matin ?… Laissez-le au lit. Alors à tout à l'heure… Nous serons à bord pour le déjeuner… C'est entendu. Je vous passe le rescapé.

Il tend l'appareil au jeune garçon.

— Bonjour Tante Mauve.

— Ah ! mon cher petit quelle peur vous nous avez faite ! soupire à l'autre bout du fil la vieille demoiselle.

Une voix aiguë crie dans le récepteur :

— Bonjour Kouki !

— Bonjour Kouki, crie une autre voix.

— Bonjour Kouki, ajoute une troisième voix non moins pointue.

— Bonjour petites souris, répond-il amusé.

— J'avais peur que les méchants te mangent, crie la Puce d'Argent tout émue.

— Ils ont commencé, figure-toi, avec une sauce au piment. Heureusement ton frère est arrivé à temps. Il me reste encore un bras et une jambe, mais malheureusement je n'ai plus de nez.

A cette révélation, la pauvre Puce d'Argent hurle avec un tel désespoir, que Kouki en a le tympan traversé. Il y a un brouhaha dans le lointain ; on essaye de la calmer. Puis c'est le timbre frais de l'Agneau :

— N'est-ce-pas que Pierre-Yves est gentil ?

— Très gentil.

Mais la Gazelle la bouscule.

— Allô… Allô ! Master Kouki, dépêchez-vous d'arriver mon vieux. On s'embête sans vous.

— J'arrive… J'arrive.

Avant de raccrocher il a le temps d'entendre, encore vaguement les sanglots de la Puce d'Argent qui gémit :

— Il n'a plus de nez… C'est « inag… inagm… » inadmissible !

Pauvre Puce d'Argent. Ses menottes appliquées sur ses yeux, elle regarde Kouki, entre ses dix doigts, tant elle a peur d'apercevoir au milieu du visage de son héros, ce grand trou noir qu'elle imagine.

Vite rassurée elle s'extasie :

— Mais, t'as toujours un nez !...

— C'est Pierre-Yves qui l'a recollé, dit Kouki rassurant.

Il l'enlève comme une balle dans ses bras vigoureux.

La Puce d'Argent pérore gravement.

— Tu comprends, tu es "mon cher petit mari"... Alors je t'aurais bien épousé avec un bras et une jambe en moins mais pas sans nez.

— Bonjour ma Puce, dit le comte de Kervignys. On est sage ?...

Une élégante auto vient de les conduire tous deux au quai d'embarquement où Tante Mauve et les trois filles les accueillent.

— C'est vrai que tu es tombé dans un trou ? s'informe l'Agneau, les yeux écarquillés.

— Chut ! L'Agneau, interrompt le grand frère. Tu sais ce que j'ai dit. Pas de bavardages.

— C'est vrai.

L'enfant rougit confuse, mais fière d'avoir à partager un secret.

Quelques passagers se sont approchés. On salue Kouki avec affection.

— Le voilà donc notre prince envolé... Que vous est-il arrivé, mon petit ami ?... Que nous dit-on, une histoire de bandits ?...

— Oh ! Non, pas de bandits, Madame, proteste Kouki, à peine une affaire de gens qui en voulaient à mon portefeuille.

Il a arrêté avec Pierre-Yves une petite histoire simplette qu'il expose sans détails et dont on veut bien se contenter. Quoiqu'un peu déçu, on renchérit cependant : « Vous l'avez échappé belle… On ne sait jamais avec ces sociétés secrètes… Sans Monsieur de Kervignys… »

La belle fille blonde de monsieur Danley a un sourire enjôleur.

— Encore un haut fait à ajouter à la liste de vos exploits, monsieur de Kervignys. On sait votre force légendaire.

Il répond d'un ton glacial :

— Il n'y a pas de haut fait à accomplir, chère Mademoiselle. C'est une question de piastres.

La Gazelle tire Kouki par la manche.

— Maintenant venez avec moi, souffle-t-elle émoustillée, et racontez-moi tout.

— Mais il n'y a rien à raconter, ma pauvre fille.

— Menteur… Et le mur, et les arbres, et le petit couloir. Et tout ce qu'Alain nous a dit. On ne bavardera pas, c'est promis. Mais au moins qu'on sache !

— Tiens, au fait, ce pauvre Alain. Il faut que j'aille lui dire bonjour.

— Non, pas en ce moment, il dort encore. Venez plutôt dans votre cabine me raconter l'aventure.

— Vous y tenez ?

— Je ne vous lâcherai pas avant.

Kouki lève les yeux au ciel un regard résigné. Il connaît l'entêtement de la jeune personne. C'est d'ailleurs sa préférée. Ils se disputent sans cesse et dans les grandes batailles la Gazelle est généralement le chef du camps adverse.

— Venez vite, dit-elle péremptoire. D'ailleurs il ne faut pas rester en plein soleil sans casque. Où l'avez-vous laissé votre casque ?

— Tiens c'est vrai, où donc, dans l'arbre ou dans la trappe ?

Il a envie de se dégourdir les jambes, et touche l'épaule de la curieuse.

— Vous y êtes ? A vous ! crie-t-il en s'enfuyant.

Lancés comme deux bolides ils traversent les étroits couloirs, descendent les petits escaliers, et se rejoignent enfin devant la cabine de Kouki.

— Je vous tiens quand même, dit-elle rieuse et essoufflée.

Ils poussent la porte et entrent…

Aussitôt un bras de fer étreint les épaules de Kouki. Une main rude s'applique à son visage, l'aveuglant, l'étouffant. Un instant surpris il se débat avec violence, se tord avec une vigueur de serpent, mais il a contre lui deux hommes, peut-être trois… Il entend la Gazelle hurler sur son mode le plus aigu : "Au secours !… Pierre-Yves… Pierre-Yves…"

Puis une voix gronde en français :

— La petite garce ! Elle m'a échappée.

— Andouille, dit une autre. Nous voilà malins s'il nous tombe sur le dos.

— Elle me mordait jusqu'au sang…

— Alors tans pis, faisons vite…

Un coup brutal envoie Kouki, pantelant, assommé, sur le plancher de la cabine.

La voix de la Gazelle était faite pour traverser ainsi qu'une vrille les plus profondes épaisseurs.

Le comte de Kervignys était déjà lancé au secours de sa sœur, à travers les escaliers des premières, lorsqu'il la vit arriver haletante, un œil poché…

— Vite, vite… Pierre-Yves, on tue Kouki.

— Où cela ?

— Là-bas, dans sa cabine… Numéro 12.

Le jeune homme enfile le couloir au pas de course, accrochant au passage un steward qui se précipite.

La Gazelle, s'empresse sur leurs talons. Ils ont le temps d'apercevoir à l'autre extrémité un des hommes qui s'enfuit mais déjà Pierre-Yves s'engouffre dans la cabine et ses deux poings lancés à droite et à gauche comme des massues rejettent ainsi que des fétus de paille, les deux agresseurs de Master Kouki.

Ils se le tiennent pour dit et restent immobiles, un peu pantelants sous le regard d'acier du jeune homme.

L'un est un Européen vêtu de beige clair, grand, un peu massif. Il a tiré nonchalamment sa pochette de soie et tamponne sa lèvre tuméfiée.

L'autre, un Malais misérable et sale, fixe avec épouvante le comte de Kervignys et ses poings redoutables.

— File, dit celui-ci à voix basse entre ses dents.

L'homme s'empresse d'obéir, mais comme il passe à sa portée, le comte lui allonge un coup de pied si violent que l'autre va rouler avec un cri plaintif contre la paroi du corridor. Se relevant aussitôt, il disparaît prestement.

Pierre-Yves referme la porte. A cette heure, en ces jours d'escale, le bateau est presque désert, la plupart des passagers étant à terre. Il respire profondément et reporte son attention sur les quatre personnages qui l'entourent et qui forment un assemblage plutôt disparate.

La Gazelle, les prunelles agrandies, passionnée de curiosité mais prudemment accrochée à la veste de son frère, l'individu au complet beige, Kouki évanoui sur le tapis, et le garçon de cabine accouru.

Ce dernier est un Annamite aux yeux vifs, à la face intelligente. Pierre-Yves s'adresse à lui tout d'abord.

— Combien pour te taire ? dit-il brièvement.

L'autre s'incline, les mains croisées sur sa veste blanche.

— Ling-Tsaï est tout dévoué au petit Master Kouki. Il ne parlera pas.

— J'ai ta parole ?

— Tu l'as, Maître.

— C'est bon.

Il se penche maintenant vers l'adolescent évanoui.

— Pauvre garçon. Il en a pour son compte, cette fois.

Il l'étend sur sa couchette et commence à dénouer sa cravate. Mais la petite main jaune de Ling-Tsaï l'arrête.

— Je vais soigner mon jeune maître, murmure-t-il.

Il se tient au chevet de Kouki, avec sa vieille figure racornie, un éclat si énigmatique dans ses yeux bridés que Pierre-Yves n'insiste pas.

D'autres soucis, d'ailleurs, l'accaparent.

— Le type qui s'en va, Pierre-Yves ! crie la Gazelle.

Tandis que son frère s'occupait du blessé, elle n'a pas quitté des yeux l'homme au complet beige qui, ne se croyant pas observé, cherchait doucement à gagner la porte.

— Halte-là, mon cher, dit le jeune comte d'une voix rude.

Prenant sa sœur par la main il l'entraîne ainsi que l'homme dans le couloir.

— Écoute, Gazelle, tu vas aller chez moi, dans ma cabine, et là tu vas m'attendre sans bouger, bien sagement. Je reviens tout de suite. Et pas de bavardages, hein ?

L'adolescente s'éloigne docile, un peu étourdie, mais secrètement ravie de son aventure… « Et Alain qui nous en remontrait hier !… Moi, c'est encore plus passionnant. J'ai eu une bonne idée d'aller avec Kouki… Ces hommes avaient un sale air… C'étaient sûrement des bandits… Pourvu que Pierre-Yves me permette de raconter ça à Mary Fenigton… »

Le Seigneur-Tigre s'est tourné vers l'individu. Il interroge d'une voix basse, mesurée mais sourde de colère contenue.

— Qui était le troisième ?

— Je ne sais pas.

— Êtes-vous stupide ! Vous me prenez pour un enfant ?

—…

— Vous avez tort de ne pas savoir.

—…

— Vous avez l'intention de rester à bord ?

— Oui ! J'ai à faire un voyage en France.

— Vraiment comme ça tombe bien, Burk ! Vous y serez en bonne compagnie : Danley… et moi-même. Presque entre amis… comme vous voyez.

— Je ne m'attendais pas, en effet.

— A y trouver Danley ?

—…

— Vous n'êtes pas prudent, Burk. Tans pis pour vous.

Kervignys s'éloigne, s'arrêtant à quelques pas pour allumer une cigarette.

Le dénommé Burk le suit des yeux avec un regard mauvais et inquiet. Une fois seul, il hausse les épaules.

— Bah ! Nous avons quand même attrapé ce que nous voulions.

Il tire de sa poche le petit livre du pavillon mystérieux, y cherche les deux papiers écrits.

Avec application il les relit plusieurs fois, puis les déchire soigneusement en menus morceaux.

*

— Viens là, ma Gazelle, montre-moi ton œil… Tu as mal ? Pas trop. Bon, ce ne sera rien. Écoute, tu n'es plus une petite fille ; il faut que je te demande encore de ne parler à personne de tout cela. Je sais que c'est difficile, mais vois-tu, quand on veut devenir plus tard des hommes et des femmes qui ont du cran, il faut s'habituer très jeune à savoir garder un secret.

— Je ne pourrai même pas en parler à Mary Fenigton ?

— Non, il ne faut pas.

— Tans pis.

La Gazelle soupire un peu. A quoi ça sert d'avoir des aventures si on ne peut pas les raconter ?… D'autre part, c'est tout de même bien grisant d'avoir à partager un tel secret avec Pierre-Yves.

— Crois-tu qu'ils voulaient tuer Kouki ?

— Je ne pense pas. D'ailleurs, inutile de me poser de questions.

Il faudra attendre que Kouki s'éveille. S'il veut parler ce sera très bien ; et s'il veut se taire, tu le laisseras tranquille, n'est-ce-pas ?

— Bien, j'ai compris, ne t'en fais pas.

La Gazelle, debout en face de son frère, le regarde avec affection.

— Pierre-Yves, pourquoi as-tu des cheveux gris ? Tu es si jeune.

— Vous m'avez donné tellement de soucis, dit-il en riant.

Il verse dans deux petits verres une liqueur dorée.

— Avec ça tu oublieras tes émotions. A ta santé, petite. Tu as eu du sang-froid et du courage. Je suis fier de toi.

La Gazelle rougit de plaisir et aussi parce que la liqueur lui brûle un peu le gosier ; mais elle claque la langue en amateur.

— C'est fameux. Ça sent les fleurs.

— C'est de la Chartreuse, la Chartreuse de la " Vieille France ".

Il hoche la tête, regardant au loin et répète :

— La vieille France.

Il semble avoir oublié la présence de sa sœur et fume à petits coups d'un air songeur.

Puis de nouveau il parle, comme pour lui-même.

— Encore un peu, dit-il et… il n'y aura plus d'Orient. Et il n'y aura plus de ciel trop bleu, mais seulement la pluie d'argent sur la campagne… Il n'y aura plus d'encens, de mystère et de crime, mais des jours tous pareils avec le cycle des saisons… Alors…

— Alors Pierre-Yves ?…

Il la regarde et lui sourit lentement, de son beau et rassurant sourire.

— Alors Gazelle… Je n'aurai plus de cheveux gris.

*

Dans le couloir qui le ramène à la cabine de Kouki, le Seigneur-Tigre croise monsieur Danley.

— Tiens ! Monsieur de Kervignys. On vous avait à peine vu hier.

— Oui, en effet. J'étais parti à la recherche de ce jeune garçon qu'on appelle Master Kouki.

— Ah ! Le petit Patrick Mercier. Que lui était-il donc arrivé ?

— Vous le savez aussi bien que moi… et même mieux. Maintenant je voudrais vous avertir d'un incident que vous ignorez peut-être. On vient de l'assommer dans sa cabine.

— Pas possible.

— Après le traitement qu'on lui a fait subir hier, j'estime que c'est un peu trop.

— Que voulez-vous dire ?

— Ne m'agacez pas, Danley. C'est idiot de votre part. Donc, j'ai un conseil à vous donner, rappelez-vous ce que je vous ai dit certain jour : je n'aime pas qu'on tourmente les enfants, Danley… Ne l'oubliez pas désormais si vous tenez…

— Eh !… à quoi donc ?

— Mais à votre peau tout simplement, mon cher…

*

— Bac Ling-Tsaï, tu es là ? dit Kouki d'une voix essoufflée.

— Je suis là, ma petite fleur précieuse.

— Tu resteras près de moi…

— Ne crains rien, je ne te quitterai pas.

— Oh ! J'ai mal à la tête… Oh ! Ling-Tsaï, mon pauvre nez, il en a trop vu ou plutôt trop senti ; je vais finir par déplaire à la Puce d'Argent… Que voulaient ces hommes ? Veux-tu prendre ma veste là. dis-moi, y a-t-il dans la poche mon petit livre à couverture de cuir rouge foncé ?…

— Non, Master Kouki, il n'y a rien.

— Alors c'est pour cela… Le livre y était encore ce matin… avec l'adresse… Mais ça ne fait rien, je me rappelle quand même très bien l'adresse.

— Ne parle pas tant, Cung* ma petite panthère. Tu as la fièvre…

— Oh ! Bac, je n'aurais pas voulu qu'ils me prennent ce livre. C'était joli, ce qu'il y avait écrit, si joli…

* Cung : mon ou ma chérie

Et pour moi c'était étrange et nouveau… cela parlait de choses que je ne connais pas, de la France, de choses douces et fraîches…

Kouki, lassé, soupire, ferme les yeux.

*

A l'heure de dîner, la porte s'est ouverte devant le comte de Kervignys qui vient jeter un coup d'œil sur le malade avant de se rendre à la salle à manger; dans son impeccable habit de soirée, haut blanc et pantalon noir, il est si grand seigneur que Ling-Tsaï s'incline plusieurs fois les mains croisées.

— J'ai parlé au maître d'hôtel, lui dit Pierre-Yves. Tu pourras veiller sur ton jeune Maître tant qu'il ne sera pas bien rétabli.

Ling-Tsaï s'incline derechef, un sourire satisfait sur son visage ridé.

La Gazelle et l'Agneau ont accompagné leur frère. Renouvelant le problème psychologique de monsieur Perrichon*, la Gazelle sent que son affection pour Kouki s'est décuplée depuis qu'elle l'a secouru en tragique circonstance. Elle le regardera désormais comme sa propriété privée.

* Perrichon : personnage d'une pièce de Labiche, le voyage de M. Perrichon.

La petite Agneau pose sa main fraîche sur le front brun de l'adolescent endormi.

— Pauvre Kouki, dit-elle, il est tout brûlant. Je vais lui mettre une compresse.

Tandis qu'elle s'affaire, infirmière en robe rose, Pierre-Yves a pris le poignet du malade.

— Un bon accès de fièvre, dit-il. Cet enfant est tellement nerveux sous ses airs gavroches. Je vais vous faire envoyer un peu de glace...

Le murmure des voix semble avoir tiré Kouki de sa torpeur. Sa main retient celle du jeune homme.

— Vous êtes là ?...

— Oui, je suis là. Dors, mon pauvre petit. Demain il n'y paraîtra plus.

Mais déjà l'esprit de Kouki est parti battre les chemins fantaisistes d'une demi-inconscience. Il murmure des mots sans suite, puis soudain il parle d'une voix claire, avec un sourire vague.

— J'aime ma petite sœur de brume, soupire-t-il. J'aime ma petite sœur la brume.

« Lorsqu'elle s'élève du creux des bois avec son parfum de fumée et de neige prochaine... »

Pierre-Yves tressaille, mais l'Agneau lève son doigt en riant.

— Écoute comme c'est drôle, dit-elle, le voilà qui récite tes jolies poésies, Pierre-Yves...

*

Il offrit son bras à Tante Mauve et ils pénétrèrent dans la salle à manger. Ils formaient un groupe attirant. La vieille demoiselle fine et douce, l'homme élégant et racé, les deux fillettes en robe rose, avec leurs teints dorés et leurs chevelures de soie pâle. Le comte de Kervignys, grand voyageur, était fort connu parmi la société européenne des grandes villes d'Extrême-Orient. Son type parfait de Français spirituel, fin causeur, de sa prestance un peu dédaigneuse de gentilhomme et sa jeune célébrité littéraire, lui avaient valu partout où il passait un accueil empressé. On l'oubliait difficilement.

Ce fut donc au milieu d'un courant de sympathie, de sourires, et même de quelques interpellations familières : « Hé, Kervignys vous voilà enfin… » que le jeune comte gagna la table fleurie où l'attendait, toujours impassible dans sa robe de jade, son serviteur malais.

Tante Mauve se rengorgeait et ne se tenait plus de joie et de fierté. Combien « ce petit » savait en imposer à tous et se faire aimer de tous !… Comme il avait bien mérité ce retour triomphal vers la terre de ses aïeux !

Tante Mauve revoyait le premier voyage, six ans auparavant, dans une étroite cabine avec tous ces bébés insupportables : Alain et la Gazelle n'avaient que huit ans mais se montraient déjà parfaitement odieux. Tante Mauve s'était demandée plusieurs fois, au cours de cette traversée, quel accès de folie l'avait poussée à s'exiler ainsi, à son âge, à abandonner son coin de campagne, son curé, ses œuvres, elle qui détestait tant la chaleur.

Mais quand elle l'avait vu, les accueillant sur le quai de Saïgon, son Pierre-Yves, ce garçon au grand cœur, les guidant l'Agneau sur un bras vers la laide petite maison qu'ils habitèrent les premiers mois, elle avait frémi à l'idée qu'elle eût pu, un seul instant, l'abandonner avec tous ces petits orphelins.

Très vite l'aisance était venue, puis la fortune. Pierre-Yves travaillait le jour dans une banque : la nuit il écrivait. Il put enfin faire éditer ses premiers livres qui obtinrent plus qu'un succès d'estime, parmi les milieux littéraires de la métropole, et s'imposèrent au grand public.

Pierre-Yves avait lâché sa situation d'employé. Il voyageait beaucoup, tout en surveillant de près l'éducation de ses frères et sœurs. Autrefois, un peu rêveur, il était devenu plus froid et impénétrable mais avait toujours pour « ses quatre petits diables », des réserves de délicatesse et de jeunesse inépuisables.

Un jour il annonça d'une voix neutre : « J'ai racheté ma terre de Bretagne. Nous allons pouvoir retourner là-bas. »

Tante Mauve pensa défaillir de joie. Elle s'était déjà résignée elle qui détestait toujours autant la chaleur à voir son corps reposer en cette terre brûlée, sous le soleil implacable.

Et voici qu'ils retourneraient tous ensemble, vers les frais ombrages, vers la lande violette de bruyères…

— Vous songez au retour, Tante Mauve, dit près d'elle la voix de Pierre-Yves.

Il la regardait avec un fin sourire et comme elle rougissait ainsi qu'une jeune fille prise en flagrant délit de rêverie, il lui baisa la main.

— Encore un peu de temps et il n'y aura plus d'Orient… murmure-t-il.

— Ah ! comme cela fera du bien, mon enfant ! répondit la vieille demoiselle. Enfin retrouver le froid, l'hiver…

La Gazelle se trémoussait sur sa chaise, laissait tomber sa cuillère. Rappelé à ses devoirs de père de famille, son frère eut un léger froncement de sourcils ;

— Qu'est-ce que cela signifie ? Veux-tu bien te tenir convenablement ?

— Oh ! Pierre-Yves, si tu savais !

Ses yeux brillaient. Elle se mordillait les doigts d'excitation.

— Qu'y a-t-il donc ?

— Je te le dirais tout à l'heure. C'est à propos du secret.

— C'est bon. Tais-toi.

Ils attendirent que la benjamine eut fini sa banane, puis se levèrent de table. La Gazelle avait agrippé le bras de son frère.

— Alors qu'y a-t-il ? demanda celui-ci, laissant sa tante prendre les devants.

— Regarde l'homme à la table, là-bas…

— Ne montre pas du doigt. Voyons, où cela ?

— Là-bas, près de la tenture, avec une chevelure noire et un teint jaune.

Le jeune homme suivit du regard la direction indiquée, et eut un sursaut.

— Oui, en effet, je vois. Eh bien ?

— Eh bien, c'est le troisième.

— Le troisième ?

— Oui, celui qu'on a vu se sauver de la cabine de Kouki.

— Ah ! très bien… Décidément c'est parfait.

— Tu trouves, toi ?

Les yeux de Pierre-Yves avaient pris cette clarté de jade cruelle, un peu fascinatrice qui envahit les yeux de son homonyme Ong-Kop, le Seigneur-Tigre…

Comme attiré par un fluide magnétique l'homme aux cheveux noirs leva la tête et rencontra ce regard.

Il pâlit mais s'inclina avec sorte d'affectation.

Pierre-Yves, sans lui rendre son salut, détourna la tête et s'éloigna.

*

* *

VI

Jack Balafre est a bord

On revit la mer trop bleue, les dernières mouettes se bataillant dans le sillage, puis de nouveau l'horizon vide.

On revit les parties de tennis, les chaises longues sur le pont, les soirées dansantes, les conversations prolongées au bar, devant un verre chatoyant et un seau de glace, sous le ronronnement des ventilateurs.

Il fallut attendre un peu, avant de revoir dans le coin des enfants, les folles chasses au tigre, les expéditions dangereuses dans la jungle.

Les grands chefs se reposaient, disait-on, des fatigues causées par de mystérieuses aventures.

Étendus sur deux transats, côte à côte, la Gazelle assise entre eux sur le pont, Master Kouki et Alain se laissaient aller aux douceurs du farniente.

Tous trois s'entendaient à merveille, se sentant indissolublement liés par tant d'émotions partagées, et si Kouki répugnait à s'attarder sur les deux agressions dont il avait été victime, les jumeaux par contre aimaient décrire avec minutie leurs sentiments respectifs.

— Quand je me suis retrouvé seul dans le noir, disait le Prince des Noisettes, j'ai eu tellement peur que j'avais l'impression que... mon estomac me remontait dans le cou.

— En voilà une drôle d'indigestion, dit la Gazelle moqueuse.

— Tu es dégoûtante. Et puis tu ne comprends rien à rien. Si tu avais été à ma place !... Se battre avec les gens et crier au secours ça n'est pas si malin, mais dans le noir, dans le silence, sentir le danger près de soi et ne pas pouvoir crier, je t'assure que c'est une sensation terrible.

— Tu ne t'es pas mis à pleurer pendant que tu y étais ?

— Presque, avoue humblement le Prince des Noisettes. Je pensais à Pierre-Yves et j'aurais voulu qu'il soit là afin de m'accrocher à lui et de mettre ma tête dans son épaule pour ne plus rien voir.

— Mais tu ne voyais rien puisqu'il faisait noir.

— Oui, mais je sentais quelque chose autour de moi. Il me semblait entendre partout des craquements, des glissements. Je n'osais pas faire un pas de peur de tomber dans le trou. Et puis comme rien ne se passait, j'ai essayé de m'imaginer ce que Pierre-Yves aurait voulu que je fasse. Il dit toujours qu'il faut chercher à analyser la cause de sa peur. Ça m'a redonné du sang-froid comme on dit. Je me suis mis à avancer en tâtonnant du pied.

— Attention au trou.

— Mais non : il n'y en avait plus. Je suis arrivé au bout

du petit couloir et je me suis trouvé dehors. Je n'ai jamais vu le soleil aussi magnifique, je l'aurais embrassé.

— Tu aurais eu du mal.

— Mais j'ai entendu des pas qui s'approchaient. Alors vite j'ai tourné autour de la maison afin de ne pas me laisser rejoindre.

— Comme quand on joue à cache-cache autour d'un arbre.

— Tu es bête, décidément, déclare Alain sans courtoisie, tu m'interromps tout le temps pour dire des insanités. Enfin je me suis trouvé tout à coup d'avant le pavillon. En face de moi il y avait une allée toute droite, puis le portique et les Chinois qu'on avait aperçus, tu te rappelles, Kouki ? Alors j'ai encore pensé à Pierre-Yves qui dit souvent « Il faut savoir payer d'audace ». Et je suis parti tranquillement par le petite allée. Les gardiens me regardaient venir…

— C'est affreux, soupire la Gazelle.

Ce passage la fait toujours trembler d'une crainte rétrospective mais sincère. Elle pense qu'Alain a eu du cran et le sent son digne frère.

— Ils étaient si étonnés de me voir arriver comme ça les mains dans les poches, ces Chinois, qu'ils m'auraient peut-être laissé sortir sans rien me dire ; mais un Européen en blanc a surgi brusquement et m'a dit en anglais ? « Qui êtes-vous ? Que faites-vous ici ? »

— T'aurais dû lui dire que tu venais fumer une pipe.

— Il ne m'aurait pas cru ! Comme il n'avait pas l'air commode, je me suis dit qu'il ne fallait pas le contrarier et je lui ai répondu : « Je m'appelle Alain d'Armanville et j'ai dû me tromper de maison. »

— Avec ton exquise politesse, je vois cela d'ici, dit Kouki en riant. Le pauvre a dû être désarçonné.

— Non, mais il a sauté en l'air, il a répété « Alain d'Armanville » comme s'il avait déjà entendu parler de moi. Puis il a réfléchi et finalement il a fait signe aux gardiens qui m'ont laissé passer.

Après j'ai couru, couru comme un dératé.

— Il fallait voir son arrivée, renchérit la Gazelle. Nous rentrions justement à bord du *Fortuné*, car Pierre-Yves nous avait emmenés déjeuner à terre. Voilà mon Prince des Noisettes qui surgit ; il n'avait plus de souffle ; il s'accrochait à Pierre-Yves, il gloussait comme une poule : « Kou… Kou… Kouki est mort… »

— Pauvre Prince des Noisettes, dit affectueusement Master Kouki étendant la main pour serrer celle de son ami.

— Pierre-Yves s'est fait expliquer l'affaire, puis il a décidé : « Allons, j'espère que ce ne sera pas bien grave. Je vais tâcher d'arranger cela, mais vous êtes de fameux petits imbéciles. »

— Il a dit ça !… proteste Master Kouki vexé. Car il commence à tenir à l'estime du Seigneur-Tigre.

Ce bel homme impassible et charmant, fort et doux, éveille en son âme une admiration passionnée, et lorsqu'il aperçoit la haute silhouette vêtue de blanc, ses yeux s'enthousiasment.

— Venez donc nous tenir compagnie un instant, Seigneur-Tigre.

Pierre-Yves ne demande pas mieux et délaisse volontiers sa cour d'admiratrices sportives. Il se plaît visiblement en compagnie de ses diables, et d'ailleurs les conversations avec Kouki sont toujours intéressantes.

— Mais tu es au point sur beaucoup de choses, mon garçon, s'étonne-t-il.

— Oh ! j'aime lire, alors...

— Mais tu sais regarder aussi, et réfléchir. Prenez-en de la graine, les jumeaux. Je ne dis pas cela pour Alain qui est un bouquiniste enragé, mais j'ai bien peur que ma Gazelle étourdie...

— Bah ! pour une femme... dit la Gazelle supérieure et dédaigneuse.

— Tu estimes qu'il est suffisant d'avoir des beaux yeux, goguenarde Alain en sourdine.

Mais Pierre-Yves parle sérieusement.

— Je ne voudrais pas te voir ressembler à quelques-unes de ces oies, reprend-il, désignant des jeunes filles qui bavardent, leur raquette sous le bras, un cocktail ou une cigarette à la main. Il est permis à une étrangère d'être frivole si ça lui fait plaisir, mais je ne l'admets pas chez une femme française, encore moins chez une femme bretonne.

La Gazelle hausse les épaules avec une moue :

— Bah ! dit-elle frondeuse, tout ça m'ennuie.

Le jeune comte a froncé les sourcils, mais la main de Kouki sur sa manche arrête sa réplique mécontente.

Et comme les jumeaux, appelés par leurs camarades, se sont éloignés :

— Il ne faut pas la provoquer, dit Kouki. C'est l'âge

ingrat. Elle grandit. Elle est déjà presque une jeune fille alors qu'Alain reste un gamin. Elle veut avoir ses idées à elle, mais elle est bien capable de s'apercevoir toute seule qu'elle dit des bêtises quelquefois.

— Très juste, approuve Pierre-Yves. Il jette un regard de coin sur le garçon étendu.

— Et toi quel âge as-tu ?

— J'aurai... seize ans demain.

Un fin sourire flotte sur les lèvres du jeune homme, tandis qu'il allume une cigarette.

— Décidément tu m'amuses...

Cette conversation a eu lieu hier.

Ce matin, de nouveau étendu sur le pont, Kouki écoute machinalement le bavardage des jumeaux.

Il soupire et se sent mélancolique, encore las.

Une angoisse sourde l'oppresse. On est encore venu cette nuit. Ce pas étouffé, qui depuis leur départ de Singapour, vient rôder autour de sa cabine... Une main tourne la poignée de la porte, puis, constatant une fois de plus que le verrou a été poussé, renonce et s'éloigne. La première fois, Kouki éveillé en sursaut, a cru à l'erreur d'un passager. Mais chaque nuit le même incident s'est renouvelé.

A la fin Kouki se sent impressionné, énervé... Que lui veut-on encore ? Jusqu'à quel point le redoutable Jack Balafre est-il mêlé à tout cela ?

Kouki malade, soigné par Ling-Tsaï, a dû quitter Singapour sans avoir pu arrêter un plan de bataille.

Depuis quelques jours il cherche à le joindre et décide de causer sérieusement avec lui.

« Pourtant, songe-t-il, on ne peut avoir deviné qui je suis. Ah ! que cela est donc odieux de lutter contre des ombres ! »

Près de lui, la Gazelle saute à cloche-pied.

— Qu'as-tu, Master Kouki ? Tu as l'air triste.

— Je me sens vieux, dit Kouki avec mélancolie. Un an de plus aujourd'hui.

— Oh, c'est vrai, c'est ton anniversaire… Bonne fête, Kouki.

L'adolescent s'ébroue pour échapper à ses pensées moroses.

— Tenez, les enfants, on va fêter ça. Je vais chercher mes cigarettes et des caramels.

— Riche idée.

Il s'éloigne et descend vers sa cabine.

Il est chaussé de sandales blanches, le tapis étouffe ses pas très souples.

Aussi, lorsqu'il entre brusquement dans sa cabine, l'homme qui s'y tient, penché sur des tiroirs ouverts, a juste le temps de se redresser et de faire face.

Sur le seuil Kouki reste immobile. D'un coup d'œil il enregistre le désordre de ses papiers et de ses livres, mais cependant il ne sourcille pas et c'est d'une voix posée qu'il parle.

— Tiens, c'est vous, Seigneur-Tigre.

— Moi-même, mon garçon ? Tu ne t'attendais à trouver un cambrioleur chez toi.

— Je l'avoue, dit Kouki.

Mais il referme la porte et se sent détendu par l'aisance du cambrioleur en question.

Celui-ci désigne en riant les tiroirs ouverts.

— Excuse-moi pour ce désordre. J'étais venu t'attendre, car je désirais te parler, et je cherchais si, par hasard, tu n'avais pas quelques allumettes ou un briquet. J'ai égaré le mien, et tu sais, les vieux fumeurs sont incorrigibles.

— Il vous faut bien un défaut, dit Kouki en souriant. Tenez, voilà mon briquet.

Le jeune homme remercie et allume sa cigarette. Kouki a remis d'une main preste ses affaires en ordre.

— Voilà ce qui m'amène, reprend Pierre-Yves, s'asseyant confortablement. C'est une affaire sérieuse. Master Kouki je t'ai adopté comme neveu, et c'est ton anniversaire aujourd'hui, n'est-ce pas ?

— En effet.

— Veux-tu me faire le plaisir d'accepter ce petit bouquin en l'honneur de ce grand jour ?

— Vous êtes trop chic, murmure Kouki ému. Oh ! vous êtes toujours si… si délicat, comment vous dire…

— Ne dis rien. Lis ce livre, et s'il te plaît ce sera le meilleur remerciement.

Kouki a vivement déplié le papier… et voici qu'il tient entre ses mains, ce petit livre qui, l'autre jour, lui a été repris par ses agresseurs.

Tout son sang a reflué vers son cœur, mais ses aïeux aux yeux bridés lui ont légué leur impassibilité séculaire et c'est à peine s'il frémit sous le regard attentif de l'homme.

Machinalement il tourne la première page.

« Rêveries sous la pagode », Pierre-Yves de Kervignys.

— Est-ce donc vous, Ami, qui avez écrit cela ? interroge-t-il d'une voix un peu éteinte.

— Oui, là-bas, en Indochine, quand j'avais la nostalgie de ma Bretagne. Mais j'y songe, peut-être les as-tu déjà lus ?...

— Non, non, affirme Kouki vivement.

Il se remet un peu. Pourquoi avoir vu dans le geste de Pierre-Yves une intention cachée ? Il n'y aurait rien d'extraordinaire à ce qu'un Jack Balafre ait apprécié les poésies de monsieur de Kervignys et en ait goûté le charme tout en signant des actes criminels.

L'adolescent réfléchit tout en tournant les pages. Ses yeux lisent au passage :

«...Et lorsque la lune rose monte entre les bambous...

« Et que le crapaud-bufle la salue d'un petit « traô » frissonnant...

« Mon cœur songe aux rossignols de mon printemps breton... »

— Moi je n'aime pas les rossignol, dit soudain Kouki d'une voix un peu fêlée, j'aime mieux le petit « traô » du crapaud-buffle dans l'herbe mouillée... Toujours ces deux même notes qui se répondent vous savez, et toute la forêt en est envahie lorsque vient la nuit.

A lire ces lignes une brusque nostalgie vient de le saisir. Il essaye de sourire.

— J'aurais écrit ce livre à rebours, dit-il. Je pense que le rossignol des printemps bretons me fera souvenir de la chanson du crapaud-buffle.

Vous revenez dans votre pays et moi je m'exile.

— Tu es Français, pourtant.

— Oui, mais ma France à moi, c'est celle où je suis né, ma terre chaude d'Indochine. Je ne connais que ce ciel lourd, implacable, et la forêt…

Ami, j'ai la nostalgie de la grande forêt… Le soir, lorsque je m'endors il me semble entendre le petit gibbon noir et jaune gémir dans les lataniers, et aussi cet oiseau bizarre qui pousse des cris inlassables. On dit qu'il répète sans cesse : « Père, mère, frère, sœur, j'ai tout perdu… » et on l'appelle la Veuve… Kouki s'anime.

— J'ai chassé le Seigneur-Tigre autrefois*.

Ça ne vous fait pas peur ? Je n'ai pourtant pas raté mon coup : une belle pièce avec une magnifique robe de cuivre rayée noir et des yeux glauques splendides. C'était à la saison des pluies. La forêt était tout en sueur et il y avait des orchidées qui s'ouvraient éclatantes dans l'ombre…

Les yeux pénétrants de Pierre-Yves considèrent l'adolescent enthousiaste, debout devant lui.

— Étrange petit gars, murmure-t-il. Je te vois assez bien en chasseur de tigres, Master Kouki… Oui c'est vrai, tu es une plante sauvage, un Mowgli de la jungle. Peut-être ne pourras-tu t'habituer à nos horizons paisibles et charmants. Pourquoi donc vas-tu en France ?

— Les études… Mon oncle tient à ce que je passe quelques années en Europe. D'abord en Angleterre, à Eton, puis en France.

* Le tigre : il y avait des tigres à cette époque dans les montagnes du sud Annam,

— Tu as des parents, des amis là-bas ?
— Oui !... des parents, dit vaguement Kouki, car il n'est pas très au courant de la famille Mercier.
— On s'occupe de toi ?
— Oh ! oui, ne vous préoccupez pas de cela, dit vivement Kouki.
Il redoute les questions trop précises de Pierre-Yves.
Sous le regard qui ne le quitte pas il se sent mal à l'aise et détourne les yeux.
Mais Pierre-Yves a son tranquille sourire.
— Pardonne-moi si je suis indiscret, dit-il. C'est que je t'aime bien, Master Kouki.
Kouki a son clair sourire d'enfant.
— Je ne vous oublierai pas... Vous êtes un grand frère comme il ne peut s'en trouver... Dites, pourriez-vous me remettre une dédicace en tête de ce livre ?
— Volontiers.
Pierre-Yves tire son stylo et écrit sur la page de garde.
« Premier dialogue entre deux amis :
« J'aime la chanson des jets d'eau.
« Moi aussi. Écoutons-les... Ils pleurent de l'argent sous la lune... »
Kouki penché a suivi des yeux la belle écriture, énergique et harmonieuse.
Et, de nouveau il y a en lui un trouble grandissant. Car il revoit l'un des petits papiers du livre de cuir rouge, l'une des deux adresses tracées de cette même écriture... oh ! oui, certainement la même... il ne peut y avoir deux écritures semblables...

Pierre-Yves a relevé la tête en souriant :

— Voilà mon vieux, cela te rappellera d'étranges souvenirs.

— Oui, répète Kouki, étranges...

Soudain il ne sait plus sourire.

En silence, tous deux sont remontés sur le pont.

De la passerelle supérieure, Alain interpelle son frère.

— Eh ! là-bas, ma tendre mère, on a besoin de vous...

— Que se passe-t-il ?

— La Puce d'Argent fait une scène. Elle a jeté sa poupée chinoise à la mer et elle veut qu'on équipe un scaphandrier pour aller la repêcher.

— J'arrive, dit Pierre-Yves en riant. A tout à l'heure Kouki.

Il s'éloigne de son grand pas paisible et commence à monter l'escalier de la coupée.

Le jeune garçon le suit des yeux, le voit s'arrêter et tirer machinalement un briquet de sa poche pour allumer une cigarette.

Kouki a rejeté son casque en arrière, et laisse la brise légère qui vient de s'élever, rafraîchir son front.

Il erre à travers le pont, les mains dans les poches, répondant machinalement aux paroles et aux sourires qu'on lui adresse au passage ; il a envoyé promener les petites misses Fenigton qui voulaient l'entraîner dans une partie de croquet.

Il songe à Pierre-Yves et retourne maints problèmes dans sa tête. Comment ce feuillet écrit par la main du comte de Kervignys se trouvait-il dans le mystérieux pavillon ?

Pourquoi Pierre-Yves fouillait-il dans ses affaires puisque l'excuse du briquet était fausse ?

Pourquoi semble-t-il ignorer que Danley est un homme dangereux et l'appelle-t-il le plus brave homme du monde alors qu'Alain dit : « Ce type-là est une fameuse crapule. Pierre-Yves le pensait. »

A un instant ou a un autre Pierre-Yves a donc menti... Dans quel but ? Chaque fois qu'il se pose cette question Kouki serre les poings et a envie de gémir.

Il lui est trop pénible de ne plus se sentir en confiance avec son grand ami : il revoit l'homme aux yeux graves, assis en face de lui. « C'est que je t'aime bien, Master Kouki... »

« Non, je suis idiot, se dit Kouki entre les dents. Je me laisse influencer par des coïncidences étranges et parce que je me méfie de tout le monde. Mais Pierre-Yves est au dessus de tous soupçons, j'en ai la certitude.

« Je ferais mieux de découvrir qui vient la nuit essayer de pénétrer dans ma cabine. Il faut que j'en avise Ling-Tsaï. »

Il le découvre, à l'heure du déjeuner, se préparant à prendre son service. Maintenant Kouki peut parler plus ouvertement avec lui, car chacun sait qu'un steward annamite a soigné avec dévouement le petit Patrick Mercier lors de sa légère indisposition, et personne ne peut s'étonner de les voir converser longuement. L'abordant donc avec désinvolture, le jeune garçon lui conte ses désagréables visites nocturnes.

— Il n'y a peut-être rien d'inquiétant là-dedans… mais enfin, j'aimerais mieux te prévenir.

Les yeux de Ling-Tsaï reflètent un étrange sentiment d'effroi.

— Hélas, Master Kouki, j'ignore qui vient la nuit, mais je sens de plus en plus que le danger est proche et plane sur nous. Écoute, je ne voulais pas te le dire à mon départ de Singapour, car tu étais malade, mais j'ai revu, le dernier soir, le garçon malais.

— Ah ! et que t'a-t-il dit d'intéressant ?

— Il avait la certitude que Jack Balafre s'embarquait le soir même, sous un faux nom à bord du *Fortuné.*

— Quoi ?… Que dis-tu ?… sursaute Kouki. Alors ce… cet individu est à bord ?…

— Je crois, Master Kouki.

— C'est effroyable.

Stupéfié, il ne peut s'empêcher de jeter un regard alentour comme s'il s'apprêtait à voir surgir, ricanant l'homme honni et redoutable.

— Mais enfin, le quel est-ce ?

A cette question naïve, Ling-Tsaï a ce mince sourire qui le fait ressembler à quelque figurine de vieil ivoire.

— Oh ! comment le saurai-je ? On dit que Balafre ne se reconnaît pas lui même. C'est l'homme aux cent visages !

Kouki réfléchit profondément et assimile peu à peu la surprenante révélation.

— Voyons, procédons par ordre. Combien de passagers nouveaux y a-t-il eu à l'escale de Singapour ?

— Quatre. Un Italien, sa femme et sa fille, le Signor Valadi.

— Je vois en effet le Signor Valadi. La petite fille est gentille, brune, de grands yeux noirs.

— Il y a aussi deux Français, un banquier M. Raymond et un fonctionnaire colonial, M. Delcourtois.

— Monsieur Raymond ? C'est le grand type costaud avec une barbe, il t'est suspect ?

— Oui… Non, je ne sais… Je crois l'avoir déjà rencontré mais où ?

— Et monsieur Delcourtois c'est cet homme petit et noir avec un teint jaune ?

— Oui.

— Et peut-être l'un de ces hommes est-il l'assassin de mon père, songe Kouki tout haut. Quel est le quatrième, Ling-Tsaï ?

— Le comte de Kervignys, Master Kouki.

Le jeune garçon hausse les épaules doucement.

— Celui-là inutile d'y songer. On peut être tranquille. On n'imagine pas ce bandit sous les traits d'un homme aussi… aussi parfait.

— Jack Balafre a cent visages, glisse Ling-Tsaï d'une voix neutre.

Kouki s'enflamme aussitôt, exaspéré de sentir les soupçons de l'Annamite répondre aux siens.

— Que veux-tu dire ?… C'est monstrueux. On n'a qu'à regarder Pierre-Yves, pour savoir que c'est un homme irréprochable et d'une loyauté à toute épreuve. D'ailleurs tout le monde l'aime.

— Ses yeux sont froids, dit doucement Ling-Tsaï. Ils cachent un secret.

Kouki ne répond rien. Ses dents blanches mordillent sa lèvre inférieure, signe de nervosité inhabituelle chez lui, et qui révèle sa profonde émotion.

— Bac Ling-Tsaï, crie-t-il brusquement avec une sorte de désespoir, il faut savoir, il faut absolument savoir…

— Attendons, Master Kouki.

— Attendre… Attendre quoi ?

— Port-Saïd. A Port-Saïd j'essaierai d'obtenir le signalement de Jack Balafre. Je te promets. En attendant nous ne pouvons rien faire qu'être prudents.

Kouki soupire.

— C'est bon, on tâchera. Cherche donc quand même à découvrir qui vient la nuit… Ah ! j'aperçois ton maître d'hôtel qui s'impatiente là-bas. Va vite prendre ton service…

Il s'éloigne, mais l'autre le retient par la manche.

— Master Kouki, dit-il à mi voix, pardonne-moi si mes paroles t'offensent… Mais tu es seul et personne ne te guide… Alors, écoute, cet homme est beau et charmeur… Master Kouki prends garde à ton cœur.

*

Port-Saïd… Ciel d'un bleu violent, bazar oriental encombré de négrillons qui mendient, cirent les bottes, plongent pour rattraper des sous dans l'eau huileuse et verte.

Des venelles encombrées, des boutiques, des tapis, un grand boulevard avec des agences de voyages.

Posément le vieux Ling-Tsaï quitte sa veste blanche de steward, revêt sa robe noire annamite, coiffe son grand chapeau blanc en feuilles de latanier.

Et quittant le bord il se dirige à pas menus vers les quartiers indigènes.

*

* *

VII

Et Ling-Tsaï sut qui était Jack Balafre !

Dans la cabine de Pierre-Yves de Kervignys, Kouki est assis tout pâle. Debout près de lui le jeune comte le regarde et une profonde pitié embue ses yeux clairs. Il pose sa main brune sur les épaules de l'adolescent.

— Allons, mon petit, ne reste pas ainsi... Dis quelque chose.

Mais le visage de Kouki a revêtu cette impassibilité fataliste des Asiatiques devant la souffrance.

Il murmure seulement avec effort.

— Laissez-moi, c'est affreux.

Oui, c'est affreux !... Voici : Tout à l'heure encore Kouki était à siffloter sur le quai, les mains dans les poches.

Il sifflotait en attendant le retour de Ling-Tsaï, afin de cacher son impatience et son appréhension. Près de lui les jumeaux discutaient avec un marchand portant dans ses bras un petit léopard. Il n'était ni plus ni moins question que d'acheter l'animal.

— Qu'est-ce que tu en dis Kouki, demandait Alain, tu marches ? Comme souvenir…

Ce fut alors que Kouki aperçut Ling-Tsaï là-bas, trottant dans la poussière avec sa chemise noire et son grand chapeau parasol, Ling-Tsaï qui, de loin, levait le bras pour faire le signe convenu ; Ling-Tsaï qui savait, qui savait…

Il y eut alors en Kouki une sorte de joie nerveuse mêlée à l'angoisse de ce qu'il allait apprendre, il eut soudainement envie de faire une bêtise, d'être encore pour quelques instant un gamin excité et se tourna vers Alain.

— Bien sûr, achète le, cria-t-il. Il est charmant cet animal. On le confiera à Ling-Tsaï que j'aperçois là-bas ; il le dressera magnifiquement ; vous ferez peur à tout le monde à Paris…

— Tiens, dit la Gazelle, Ling-Tsaï est tombé…

Alors Kouki a eu froid jusqu'au cœur et s'est senti orphelin… Pourquoi courait-on là-bas vers un corps étendu ?

Il s'est élancé fendant la foule, repoussant les corps bruns vêtus de haillons et les uniformes blancs des Européens.

— Laissez-moi, laissez-moi, disait-il avec des sanglots brefs, c'est mon ami !

Et il a vu…

Dans la poussière Ling-Tsaï est étendu la face grise et lorsque Kouki agenouillé près de lui l'a pris par les épaules, il a senti sous ses mains l'humidité chaude et visqueuse du sang.

— Bac Ling-Tsaï…

Les petits yeux noirs de l'Annamite se sont entrouverts.

Une étincelle s'y est allumée lorsqu'il a vu penché sur lui le fin visage doré et les prunelles sombres agrandies.

— Ah ! Cung, petite fleur, a-t-il gémi, puis dans un râle plein de sang : cicatrice rouge... en serpent... poignet gauche...

— Ling-Tsaï, a supplié Kouki, Bac Ling-Tsaï, dis-moi qui est Jack Balafre ?

Mais Ling-Tsaï est mort !

Un peu de sang aux commissures des lèvres, le long de son cou décharné.

— C'est fini a dit un médecin qu'on a appelé. Le pauvre diable a son compte.

— Que s'est-il passé ? demande-t-on.

— Oh ! un coup de poignard par derrière. Vengeance anonyme sans doute. Et n'allez pas chercher par qui et pourquoi. Vous y resteriez.

Kouki a laissé doucement aller dans la poussière le petit corps ratatiné de son vieux boy, son ange gardien aux yeux bridés, dans sa belle chemise noire.

Il a entendu la voix de Pierre-Yves dire au-dessus de lui :

— C'était un garçon du *Fortuné*. Qu'on le conduise à bord. Le Commandant avisera pour faire rapatrier. son corps...

Puis il a senti deux mains fermes le saisir aux épaules et l'entraîner.

Il s'est retrouvé dans la cabine du comte de Kervignys, regardant machinalement ses deux mains encore humides de sang, ouvertes sur ses genoux.

Ling-Tsaï est mort !... Oh ! Dieu, ils l'ont tué, le cher petit vieux au sourire malin sous son chapeau.

Il ne sera plus là, désormais, pour veiller sur Master Kouki, il n'y aura plus sa présence falote, ses yeux vigilants.

Ling-Tsaï de conseil réfléchi, l'homme des manœuvres et des ruses prudentes, Ling-Tsaï aux mains habiles, son Nguoi bo gia* qui réparait les jouets cassés, jonglait avec les assiettes, et l'avait tant fait rire, l'enfant du bungalow de la montagne...

La prescience de son abandon, de son horrible solitude envahit Kouki... On a assassiné Ling-Tsaï parce qu'il savait qui était Jack Balafre... et la menace reste là entière, plus lourde encore, plus précise. Elle rôde autour de l'orphelin désarmé... L'homme aux cent visages, l'homme aux cent crimes... Il est là, proche, il est partout ; c'est lui qui reviendra la nuit, ombre dans l'ombre, maintenant que Ling-Tsaï n'est plus là pour guetter celui qui vient afin de surprendre Master Kouki, afin de lui arracher son secret, afin de le tuer à son tour.

Il disparaîtra, lui aussi... Il se sent désigné. Il n'y aura plus de Master Kouki, de panthère souple et sauvage, lancée dans la vie avec son appétit de bonheur et sa gaieté... Ce n'est rien un adolescent de seize ans qu'on trouve mort, ou qui ne revient jamais lorsque cet enfant n'a personne, même plus un vieux boy annamite, pour l'aimer et pour le pleurer...

* Nguoi bo gia : serviteur attaché à l'enfant depuis sa naissance, qui le suit dans vie, avec des rapports de protection et d'amitié

Une panique brutale saisit Kouki, le dresse en avant, mains tendues ; il a jeté ses bras autour de Pierre-Yves, il s'accroche avec désespoir à cet homme fort dont il sent le buste dur et musclé contre lui, solide comme un rempart.

— Ami… Ami !… J'ai peur.

— Allons, Kouki, du calme. Tu es un homme que diable.

— Non, non, crie Kouki, je ne suis pas un homme. Je suis… Je suis… abandonné. Ah ! je vais tout vous dire…

La main fine et hâlée de l'homme caresse la tête bouclée. De l'autre il verse dans un petit verre sa liqueur habituelle de réconfort.

— Chut, dit-il d'une voix grondeuse, chut, ne dis rien. Qu'est-ce que c'est cette plaisanterie ? Tiens, j'en reviens toujours à ma chartreuse. Avale-moi ça. C'est fait avec des fleurs de la montagne et ça verse aux cœurs français tout le solide bon sens et le courage de leur vieille race…

Kouki obéit, docile. On dirait en effet qu'avec l'élixir parfumé passe en lui de la force tranquille de Pierre-Yves.

— Je suis idiot, murmure-t-il.

— Enfin voilà une bonne parole. Va donc te laver les mains et reviens me trouver.

Kouki jette un regard sur ses mains encore rouges du sang séché. Il frissonne mais se dirige vers le cabinet de toilette. Il s'y attarde afin d'achever de reprendre ses esprits.

Voilà, maintenant c'est fini. Kouki à nouveau regarde la vie tout droit, en face, avec son sourire brave.

— Bac Ling-Tsaï, cher vieux Ling-Tsaï ta petite âme dévouée a retrouvé les ombres de tes ancêtres. Seule, peut-être mais courageuse ta petite panthère va poursuivre la terrible tâche…

— Bravo, dit Pierre-Yves lorsqu'il voit reparaître Kouki soigneusement peigné et impassible, je retrouve mon chasseur de tigre. Curieux, Kouki, lorsque tu fais un brin de toilette tu revêts aussitôt comme un vernis de mandarin… Tu es bien sûr de ne pas en avoir parmi tes ancêtres ?

— Pas que je sache.

— On n'est jamais sûr, n'est-ce pas ? sourit Pierre-Yves. Tiens, assieds-toi là, quelques instants… Cigarette ?

— Merci.

Un silence tombe. Pierre-Yves debout observe l'adolescent assis devant lui. Puis il parle de sa belle voix lente et chaude.

— Tout à l'heure, Patrick, tu voulais tout me dire. J'ai refusé de t'écouter car tu étais sous le coup d'une exaltation nerveuse et tu aurais pu regretter ensuite tes paroles. Maintenant si tu le désires encore, je suis prêt à t'entendre.

Le regard noir et franc du jeune garçon a cherché l'autre regard bleu, impénétrable et doux.

Et la petite voix basse de Ling-Tsaï chuchote : « Ses yeux sont froids. Ils cachent un secret et je les ai vus parfois cruels. »

Une lourde tristesse accable le cœur de Kouki. Il se lève et secoue doucement la tête.

— Je n'ai rien a dire.

Il s'en va lentement, vers sa solitude.

— Master Kouki…

La main sur la poignée de la porte, le jeune garçon se retourne.

— Écoute…, dit Pierre-Yves, promets-moi… Enfin, si jamais quelque danger te menaçait vient me le dire très simplement : « Protégez-moi. » Je ne te demanderai pas d'explications.

— Vous êtes très bon, Ami, dit Kouki d'un voix altérée.

Et il s'est éloigné.

Resté seul Pierre-Yves demeure un instant immobile. Deux rides profondes barrent son front altier.

— Hélas, soupire-t-il, hélas ! mon pauvre petit camarade, je n'aurais pas voulu cela…

*

*   *

VIII

Celui qui venait la nuit

L'orchestre langoureux chante dans la nuit. Les couples dansent sous les lumières, aux rythmes syncopés des blues. Le bal bat son plein, prolongeant la journée joyeuse.

Des mirlitons abandonnés traînent dans les coins. Les nurses, les ayahs, les congayes ont emmené au lit les enfants recrus de fatigue, de concours, d'oranges et de berlingots. Il y a eu des courses en sacs, des mâts de cocagne et des matches de ping-pong.

On n'en peut plus. Les champions sont grisés par la gloire et deux doigts de champagne.

Discrètement averti, M. de Kervignys a dû quitter les salons, pour aller assister au coucher d'une Puce d'Argent délirante qui ne voulait lâcher ni sa grande poupée en chiffon, ni sa trompette, ni son chemin de fer mécanique…

La Gazelle protestait :

— Pourquoi ne reste-t-on pas encore un peu ? Kouki reste bien lui.

— Kouki est plus âgé, et puis c'est son affaire.

— Le veinard ! Il n'a personne pour l'embêter, lui !

— Tais-toi. J'ai horreur de ce genre de réflexions.

D'ailleurs, sitôt la tête sur l'oreiller, les quatre diables se sont endormis.

Pierre-Yves revient lentement vers les salons illuminés d'où s'échappent des bouffées de musique.

La Méditerranée paisible étale alentour son désert bleu sous la lune.

L'homme accoudé au bastingage, respire la brise amère.

— Pauvre petit navire, dit-il, comme tu es petit, tout petit ! Une goutte sonore de musique, de rires énervés perdue dans l'immensité…

Il renverse en arrière sa belle tête aux cheveux pâles et a un sourire rêveur.

« Ciel chargé d'étoiles, » soupire-t-il.

Un instant il reste immobile, puis sans hâte, revient vers les salons.

L'apercevant le lieutenant Damont, se dégage avec peine de l'essaim de robes multicolores qui l'entourent.

— Où allez-vous ? protestent des voix.

— Je reviens. Le temps de dire deux mots à Monsieur de Kervignys.

Il attire le jeune comte à l'écart.

— Puis-je vous demander un service, mon cher ? Je sais que vous connaissez un peu tous les enfants du bateau. Pourriez-vous jeter un coup d'œil sur le jeune Patrick Mercier. Je viens de l'entrevoir au bar dans un état lamentable, il a bu plus que son compte et semble incapable de se tenir sur ses jambes. J'aurais pu le faire raccompagner à sa cabine par un garçon de service, mais il m'a eu l'air d'humeur vindicative et je ne voudrais pas de scandale. Peut-être pourriez-vous user de votre influence…

— C'est bon, j'y vais, dit brièvement Pierre-Yves.

Au bar brillamment éclairé, des voix cordiales l'ont accueilli.

— Tiens, voilà le conte de Kervignys… Venez donc à notre table, mon cher. On débouchera pour vous un Pommard ou un Château-Yquem puisque vous redoutez nos poisons américains.

— Goût d'aristocrate, dit une jeune femme avec un regard enjôleur.

Pierre-Yves décline aimablement ces offres.

Il vient d'apercevoir Kouki. Et dans quel état, en effet ! Hissé sur un des hauts tabourets, le jeune garçon s'est écroulé contre le comptoir, la tête dans ses coudes.

Pierre-Yves le saisit sous les bras et le met sur pied.

Kouki entrouvre des yeux vagues. Il semble mort de sommeil.

— Allez, mon vieux, dit Pierre-Yves, on va faire un petit tour dehors.

— Non, je n'veux pas… J'veux rester ici, j'veux dormir, bredouille Kouki, d'une voix éteinte.

— Tu dormiras plus confortablement dans ta cabine.

— Non, pas dans la cabine.

Mais M. de Kervignys l'entraîne, le portant presque. Pour leur malheur ils croisent à la porte Danley.

— Mes compliments pour votre poussin, dit-il à Pierre-Yves, il est précoce. Que sera-ce quand il aura 20 ans et qu'il dépensera les millions de son oncle dans toutes les boîtes de nuit de Montmartre ?

Le son de cette voix semble rendre à Kouki quelque vigueur.

— Tai… Taisez-vous. Je ne suis pas ivre… J'ai seulement bu… un…

— Un peu d'orangeade. Oui, ça se voit.

— Ah ! je vous déteste, crie soudain l'adolescent d'une voix aiguë. Je vous déteste, tous… Je vous tuerai tous. D'abord, j'l'ai promis à Patrick Mercier… Je tiens toujours mes promesses.

— Décidément il est complètement noir.

— Je vous hais ! hurle Kouki.

Mais d'une poigne solide, le comte le pousse dehors.

— Vas-tu te taire, petit imbécile, gronde-t-il, en voilà des façons. Essaye plutôt de marcher droit… Là, nous voilà chez toi. Ouf ! quelle promenade !

Il laisse aller le jeune pochard sur sa couchette où celui-ci reste, pantelant, comme un marionnette abandonnée.

Pierre-Yves, les sourcils froncés, le contemple avec un peu de pitié.

— Allez, je vais te mettre au lit, mon bonhomme, et j'espère que demain nous retrouverons un convenable Master Kouki.

Il se penche et commence à retirer la veste de l'adolescent.

Kouki regarde vaguement au plafond l'applique centrale qui diffuse sa lumière crue.

— Master Kouki, répète-t-il d'un voix songeuse.

Il se met à rire tout doucement d'abord, puis d'un rire qui se précipite et auquel se mêlent bientôt des larmes.

— Qui a dit que je suis Master Kouki ? pleure-t-il, et où est-elle donc Anne-Rosenn de Perceval ? C'est la grande glace verte qui l'a tuée... Ling-Tsaï a coupé mes cheveux, j'ai ôté mon kimono brodé et Master Kouki est apparu... Mais lui aussi s'en ira lorsque Jack Balafre l'aura tué...

Les traits figés par une attention soutenue, le conte de Kervignys guette ces mots incohérents.

— Par exemple, murmure-t-il entre les dents.

Il se redresse, fait quelques pas dans la pièce, revient vers la couchette, le front barré d'un pli soucieux, mais un demi-sourire aux lèvres.

— Ce serait donc elle ? reprend-il à mi-voix. Quelle histoire ! Et ce pauvre Borsi qui bat ciel et terre, là-bas, pour la retrouver !

De nouveau il s'incline vers Kouki, mais celui-ci reprend sa défense :

— Ce n'est pas vrai, je ne suis pas ivre... J'ai demandé un soda... On m'a servi cette chose. Ça avait un goût bizarre...

— Que dis-tu ? Un goût bizarre ?...

— C'est un poison, murmure Kouki... Je suis sûr. C'est Jack Balafre. Toute ma tête a tourné...

Les traits de Pierre-Yves se sont crispés.

— D'où connais-tu Jack Balafre ? chuchote-t-il.

Kouki porte la main à sa tête.

— Je ne le connais pas, gémit-il, mais je sais. Il est là… Il est partout, il va venir… Comme chaque nuit essayer d'ouvrir ma porte… Ling-Tsaï n'est plus là. On l'a tué parce qu'il savait qui était Jack Balafre… J'ai peur.

Sa main repousse nerveusement le jeune homme.

— Partez, vous aussi… Partez, j'ai peur… Oh ! je voudrais tant dormir.

Vaincu, il a fermé les yeux, il s'abandonne.

Doucement Pierre-Yves pose sa main, sur le front brûlant.

— Oui, dormez, murmure-t-il, dormez mon pauvre petit Master Kouki. Oubliez ces choses terribles. Ne suis-je pas là ?… Pourquoi me craindre ?

Il se redresse, il regarde durement autour de lui.

— Ne suis-je pas fort, interroge-t-il tout haut comme s'adressant à un adversaire invisible. M'a-t-on jamais vaincu ?

Puis, s'asseyant résolument au chevet de son jeune ami il tire de sa poche un revolver qu'il vérifie avec soin.

Il éteint la lumière et dans l'ombre il attend.

Au loin la musique continue, légère.

Pierre-Yves l'oreille tendue a surpris dans le couloir un pas assuré et tranquille qui s'approche.

On s'arrête devant la porte, et la poignée tourne lentement. Puis la porte se referme.

Quelqu'un est entré dans la cabine. Une main aux gestes mesurés repousse les verrous, puis tâtonnant cherche le commutateur. La lumière jaillit de l'applique centrale.

— Hello, Danley ! Bonne nuit.

Médusé, l'homme, les doigts encore posés sur le bouton électrique contemple Pierre-Yves qui le salue, goguenard.

— Que faites-vous ici ? dit-il.

— Et vous-même ?

— J'ai dû me tromper de cabine.

— Et d'étage ?... Vous êtes donc ivre, vous aussi ? Allons Danley, vous savez bien que j'ai horreur de perdre mon temps. Tenez, asseyez-vous dans ce fauteuil qui vous tend les bras et expliquez-moi pourquoi vous cherchez chaque nuit à pénétrer chez ce gamin ? Cigarette ?

— Non merci.

— Alors je vous écoute.

Il craque une allumette. Que venez-vous faire ici ?

Danley s'assied avec désinvolture. On sent qu'il est résolu à faire contre mauvaise fortune bon cœur.

— Eh bien ! causer un peu, dit-il. Ce gamin m'intrigue et je me méfie de lui depuis Singapour. Alors je désirais obtenir quelques explications.

— Dans le secret de la nuit et revolver à la main... charmant tête-à-tête. Et si les autres fois vous êtes resté bredouille devant une porte soigneusement fermée, ce soir vous saviez que vous trouveriez le chemin libre, un enfant abruti, désarmé. Je le connais votre poison Danley, et je me suis vite douté d'un de vos sales coups. Goût " bizarre" et cette torpeur, ce demi-délire dans lequel on parle... on parle ! sachant qu'on avoue inconsciemment ses secrets les plus enfouis. Vous me dégoûtez, Danley. Je ne voudrais pas vous assommer car vous n'en valez pas la peine, mais j'aimerais vous cracher à la figure.

Devant les prunelles étincelantes de Kervignys, l'homme ne bronche pas et lisse sa barbe noire avec un indifférence affectée.

Pierre-Yves se ressaisit et retrouve son masque impassible.

— Que vouliez-vous savoir de lui ? interroge-t-il enfin.

— Mais tout. Qui est-il vraiment ? Quel but poursuit-il ? Vous n'avez pas de flair, monsieur de Kervignys.

— Croyez-vous ?

— Enfin, je veux dire, vous avez de curieux scrupules.

Pierre-Yves ricane encore.

— Croyez-vous ?

— Oui, lorsqu'il s'agit d'un enfant. C'est pourtant malin à cet âge-là.

— A qui le dites-vous ?

— Et vous n'avez jamais été curieux de savoir ce que celui-ci était allé faire chez… Jack Balafre ?

— Bah ! curiosité puérile.

— Et si je vous affirmais que cet enfant est le fils de Jean Perceval.

— Vous dites ?

— Oui, de Jean de Perceval, lui même. Est-ce que cela ne vous semblerait pas un peu suspect ?

— Sur quoi basez-vous une telle affirmation ?

— Sur bien des symptômes. Entre autres sur cette photo découverte dans ses papiers.

Il tire de sa poche la photo du bungalow de la montagne et la tend à Pierre-Yves.

— Lisez donc, derrière, cette déclaration poétique, écrite de la main même de votre Master Kouki, j'ai pu m'en assurer.

« O mon cher petit bungalow, lit Pierre-Yves, quand reviendrai-je près de toi, à l'ombre des banians où je suis né, et de la grande Forêt ?… »

Le comte jette un regard pénétrant sur le garçon endormi.

— C'est bien là l'habitation de Jean de Perceval, n'est-ce pas ? reprend Danley.

Le jeune homme a un sourire ambigu.

— En effet, vous avez raison. Mais j'avoue que je ne prends pas vos hypothèses au sérieux.

— Pourquoi donc ?

— Elles pèchent par la base, Jean de Perceval n'avait pas de fils.

— Vraiment ? En êtes-vous certain ?

— Tout à fait certain. J'ai fort bien connu Jean de Perceval vous savez. C'est même moi qui l'ai tué, ajoute-t-il avec nonchalance.

— Ah ! c'est vous qui…

— Oui.

Il y a un lourd silence.

— Vous êtes un homme terrible, dit enfin Danley d'une voix un peu altérée.

Le comte de Kervignys se renverse en arrière avec une moue ironique. Ses yeux redoutables guettent l'adversaire derrière leurs paupières à demi fermées

— Mais non, vous exagérez. Un homme courageux, tout simplement. Par contre, vous, vous êtes certainement un homme imprudent, et cela sans exagérer.

— Pourquoi ?

— Pour cette même raison que moi je suis un homme… courageux. Ne vous ai-je pas dit plusieurs fois, Danley, que je n'aime pas qu'on tourmente les enfants ?

Son interlocuteur, sous la menace à peine déguisée, essaye de prendre la chose légèrement.

— Décidément, vous êtes étonnant comme père de famille. Tenez quand vous serez en France vous devriez fonder une maison d'enfants abandonnés.

— Vous me donnez une bonne idée.

— Personnellement, je ne vous le conseillerai pas. Cela rapportera certainement moins que le trafic…

— Taisez-vous, interrompt Pierre-Yves d'une voix basse et rude.

Une colère violente brûle dans ses yeux.

— Je vous ai assez vu, Danley, je vous autorise à quitter les lieux, dit-il brièvement. Ah ! conseillez donc à vos deux sbires, Raymond et Delcourtois, de ne pas trop parader au salon lorsque je m'y trouve moi-même. Simple mesure de prudence. Décidément je ne me lasserai pas de vous prêcher la prudence. J'espère que vous m'en saurez gré le jour où il vous arrivera malheur…

Sur le seuil de la porte Danley qui s'éloigne sans insister, s'est retourné.

— Mais enfin, dit-il avec un expression indéfinissable, enfin… est-ce vous ?

Pierre-Yves sourit.

— Comme vous voudrez.

Danley sort et referme la porte avec une violence contenue.

*

* *

IX

A son poignet la cicatrice Rouge

A l'aube Kouki s'éveilla, les membres gourds. Le jour bleuté le baignait de fraîcheur. Il faisait bon. Kouki s'étira et puis sauta brusquement sur ses pieds, un peu vacillant.

Que faisait-il là, encore habillé, ébouriffé ? Il lui sembla entendre la voix de Pierre-Yves : « Mais tu ne sais plus ce que tu dis, mon pauvre pochard » et une bouffée de chaleur lui monta aux joues. Il se revit s'asseyant au bar, le cœur lourd, commandant un soda, puis, écœuré dès les premières gorgées, essayant en vain de descendre de son tabouret, sombrant dans une torpeur noire, coupée de brusques éclairs, de visages passant en kaléidoscope : Pierre-Yves grondeur et paternel, Danley ricanant, puis deux hommes en smoking assis l'un en face de l'autre sous la lampe.

Que faisaient-ils là ? Car ils étaient là, quand donc ?

Il fait quelques pas mal assurés, passant la main sur son front ; il se vit dans la glace avec des yeux cernés un peu hagards. Pourquoi l'avait-on endormi ? Était-on réellement entré chez lui pendant son sommeil ?... Il ouvrit ses tiroirs, rien n'avait bougé, mais dans le cendrier il trouva trois bouts de cigarettes éteintes d'une marque qu'il ne fumait pas.

Ainsi, on était venu chez lui cette nuit ?... Qui ?... Dans quel but ? Kouki se sentit terriblement angoissé.

« Ah ! Bac Ling-Tsaï, soupira-t-il, comme je suis seul »

Mais sensible à l'excès il avait pris depuis longtemps l'habitude de mâter aussitôt ses peurs instinctives.

« D'abord rafraîchissons-nous les idées, se dit-il. C'est horriblement désagréable ces réveils avec la gueule de bois. »

Détendu par une bonne douche chaude, revêtu de flanelle claire, ayant bu un grand verre d'eau, Kouki se sent plus calme. Ayant retrouvé avec quelque étonnement son revolver qu'on ne lui a pas ôté il le glisse dans sa poche, ouvre la porte avec précaution.

Fatigués par leur nuit de fête les passagers dorment encore et le navire semble étrangement silencieux, comme stupéfait après tant de bruit et de musique joyeuse... Un jeune matelot sifflote doucement, lavant le pont à grande eau.

Un pli de résolution barrant son front intelligent, Kouki, de son pas agile, gagne l'appartement luxueux du comte de Kervignys. Il s'arrête le cœur battant, puis frappe.

— Entrez.

Pierre-Yves vient probablement de se lever. Debout, vêtu d'une robe de chambre légère, il marche de long en large, fumant sa courte pipe. Sur le bureau, un cahier ouvert, un stylo... sans doute composait-il, car il regarde l'arrivant avec des yeux bleus pleins de rêve, presque enfantins.

— Tiens Master Kouki, quelle bonne surprise !

Il pose sur le jeune garçon un regard perplexe, mi-ironique, mi-affectueux, mais il a son charmant sourire.

— Comment va-t-on ce matin ?

Kouki s'appuie à la table et se sent légèrement rougir.

— Écoutez, dit-il, hier soir j'ai dû vous paraître un peu… ivre.

— Pas rien qu'un peu. Complètement.

— Je vous promets que je n'ai bu pourtant que quelques gorgées d'un breuvage immonde qui m'a tout de suite abruti. Me croyez-vous ?

— Certainement.

Pierre Yves s'approche de l'adolescent.

— Montrez-moi vos yeux, Master Kouki, il faut que je sache la vérité. Vous connaissez-vous des ennemis ?

— Pourquoi me posez-vous cette question ? murmure l'adolescent en se dérobant avec un trouble visible.

— Parce que ce n'est certainement pas un de vos amis qui vous a donné à boire ce poison. Pourquoi me parliez-vous hier soir de Jack Balafre ?

Kouki tressaille.

— Moi, je vous parlais de ?…

Pierre-Yves s'éloigne et demeure un instant silencieux.

— Écoutez, reprend-il gravement, pourquoi ne voulez-vous pas me dire votre secret ? J'ai vingt-huit ans à peine et pourtant j'ai déjà tant vécu que mes cheveux sont gris. J'ai vu bien des choses, je suis capable d'en comprendre beaucoup. Ne voulez-vous pas compter sur moi, vous appuyer sur moi ?

Devant le regard perplexe qui le fixe il sourit.

— Soit, nous verrons cela, tout à l'heure. Si nous allions faire une petite promenade à l'air pur tous les deux ? Le temps de passer une veste…

Il a ôté sa robe de chambre et apparaît vêtu d'un short et d'une chemise Lacoste à manches courtes.

— Ah ! dit Kouki d'une voix altérée, qu'avez-vous donc là ?

Souple et rapide ainsi qu'un chat qui bondit il a saisi le poignet gauche du comte de Kervignys.

Il regarde autour du bras musclé une ligne pourpre et profonde barrée par le cuir du bracelet-montre, et qui s'enroule de biais.

Et c'est dans le lointain, la voix rauque étranglée par le sang de Ling-Tsaï « Cicatrice rouge… en serpent… poignet gauche… »

Tout est froid en Kouki, son sang, son cœur, ses lèvres. Il lève les yeux vers cet homme et il voit fixé sur lui un regard dur, surpris, un regard qui n'est plus le regard de Pierre-Yves de Kervignys, mais celui… de l'autre.

Alors il s'enfuit vers la porte, il court, comme une bête traquée, avec la sensation horrible que l'homme va le poursuivre et de nouveau pencher vers lui ce regard inconnu.

Sa porte refermée sur lui, verrouillée, il se laisse aller, debout contre le mur, les yeux fermés comme s'il allait mourir.

« Alors… c'était vous ?… Ami, AMI, ce n'est pas vrai. Vous m'avez essuyé le visage si doucement, là-bas, dans les ruelles de Singapour… Et vous disiez d'une voix si reposante : « Ils pleurent de l'argent sous la lune… » et vous disiez si gentiment : « C'est que je t'aime bien, Master Kouki… »

« Vous, l'homme aux cent visages ?… L'homme aux cent crimes… »

Kouki se souvient de récits dont on parlait jadis, d'assassinats, de vols, d'escroqueries retentissantes… L'homme insaisissable, le puissant seigneur de l'opium, ce serait lui, ce doux poète aux yeux clairs ?

Et ces belles mains qui bercent la Puce d'Argent, elles auraient tué ?…

Oh ! Dieu !… tout cela est horrible. Il aurait mieux fallu ne jamais quitter le petit bungalow de la montagne !

— Toc ! Toc, c'est moi Agneau.

La tête blonde se glisse dans l'embrasure.

— Que fais-tu, Master Kouki ?… Le déjeuner est sonné.

— Déjà.

Il semble à Kouki qu'il s'éveille d'un cauchemar. Machinalement il répond :

— Merci Agneau. Le temps de me laver les mains et je vous rejoins, tu m'excuseras auprès de ta tante.

— Oh ! ça ne fait rien, Pierre-Yves n'est pas encore là.

Pierre-Yves !… Kouki sent dans sa tête un choc rouge et douloureux. Le revoir !… se retrouver en face de lui ! Il a déjà la main sur la sonnette pour demander qu'on le fasse servir dans sa cabine ; mais courageusement il se ravise.

La tactique du lièvre qui se terre lui déplaît. Kouki aime regarder en face le destin et les hommes.

Ayant rectifié sa cravate et peigné ses cheveux fous, il se dirige lentement vers la salle à manger.

Un instant, avant d'y pénétrer il s'est arrêté ; il a peur d'être pâle et cherche à retrouver son expression habituelle.

Alors un pas souple a glissé près de lui, étouffé pas la moquette de haute laine.

Deux mains fermes l'ont saisi aux épaules et il voit penché au-dessus de lui le sourire de Pierre-Yves.

Le jeune homme parle d'une voix pressante et basse.

— Faut pas avoir peur, mon petit bonhomme. Je ne te ferai pas de mal à toi, tu le sais bien… Écoute, il n'y a plus de Jack Balafre. Il est mort. Ne t'occupe pas de lui, je t'en prie, cela vaudra mieux pour toi… Et surtout, n'aie pas peur, ne crains rien… Aie confiance en moi… Je suis là pour te protéger…

*

* *

Deuxième partie

L' ENFANT DE CETTE TERRE

X

Deux hommes enchaînés…

Ce fut Marseille.

Et par une aube verdâtre, fouettée de mistral, Master Kouki a monté lentement les degrés de pierres humides qui conduisent au quai.

S'évadant du navire où les passagers sommeillent encore, il a voulu se faire conduire à terre immédiatement ; dans quelques heures chacun s'éveillera, épiloguera cinq minutes sur la disparition du mystérieux Master Kouki, puis s'occupera de ses bagages.

Seul, dans le matin maussade, il reste un instant immobile et se frotte les mains pour se réchauffer. Son imperméable le protège insuffisamment. Délaissant ses blancs désormais inutiles, il a mis sa culotte d'équitation, ses bottes de cuir, un chandail trop mince. Il n'est pas habitué à ce vent cinglant, à ces pluies légères et glaciales.

Il frissonne. Il se sent transi jusqu'à l'âme.

Ainsi il a donc abordé cette terre de France…

Et tu n'es pas là, cher Ling-Tsaï ! Ensemble nous avons quitté notre bungalow, nous sommes partis pour cette lointaine patrie et nous avons rêvé de nous retrouver un jour, tous deux, au bord d'un quai, devant une ville fraîche, rose sous un ciel bleu, patinée de soleil, une ville chantante, vivante, que nous regarderions en songeant : « Voilà, c'est la France… »

Mais rien de tout cela n'est arrivé : la ville n'est ni bleue ni rose, pas fraîche mais froide, sentant le poisson et Kouki y aborde seul, le cœur en désarroi, le nez rouge et les doigts gelés.

« Allons, en route », se dit-il. Il reprend sa valise, fait quelques pas, puis pose à nouveau son bagage afin de pouvoir éternuer à l'aise.

— A tes amours, mon mignon, déclare près de lui une voix plantureuse et chantante.

Celle qui lui adresse ainsi le souhait de bienvenue de la terre française, se présente les bras croisés sur un ample giron, le regard humide et noir, le rire solide, bien posé sur l'arrière-gorge. La tenancière apparemment d'un des cafés du port, un des petits caboulots de là-bas.

Elle l'a regardé venir, marchant incertain, ses cheveux noirs dans les yeux, remontant d'un geste frileux le col de son pardessus.

— Fait pas chaud sur le port, ce matin. Un peu de mistral, té !

Kouki sourit, amusé par l'accent savoureux, mais, timide, il ne s'arrête pas. Son réveil hâtif, son estomac à jeun et ce vent le rendent mal à l'aise, il a hâte de trouver un abri où se détendre et se réchauffer un peu.

La bonne femme le suit des yeux :

— Il a l'air rafraîchi ce petit. D'où c'est qu'il vient donc à se promener avec sa valise de si bon matin ? Il descend du bateau, pas moins…

Un matelot en tricot rayé, bras nus, vient s'accouder sur le pas de la porte.

— Ça doit être un petit moricaud des Indes, dit-il d'un air entendu. Avec une peau brune pareille et des yeux de femme comme les siens y a pas à s'y tromper.

— Eh ! C'est qu'il est gentil tout plein. Mais regarde donc, il a l'air d'un poussin abandonné. On pourrait peut-être lui donner un renseignement. Té ! le voilà qui éternue Ces natures-là c'est pas habitué au froid. J'ai bien envie de lui offrir une petite goutte de café chaud. Hé, Maurice, vas-y donc lui dire…

Bon homme, le matelot rattrape à grandes enjambées le garçon qui s'éloigne.

Kouki se retourne au bruit des sabots :

— Hé bonjour, petit, dit Maurice touchant du doigt sa casquette bleue. Sais-tu le français, au moins ?

— Mais oui monsieur, répond Kouki interloqué.

— Tu es d'ici ? Non, tu viens de débarquer ?…

— En effet, monsieur.

— Té ! je le pensais bieng. Et je parie que tu trouves qu'il fait pas chaud à Marseille comme dans ton pays. Viens-t-en avé moi… Il y a la patronne qui voudrait t'offrir un petit café pour te remettre du soleil dans le cœur…

— Ah ! murmure Kouki, du soleil dans le cœur… Oui, vous êtes bien gentil…

Il ne sait pas s'il doit accepter. Il ne connaît pas encore les braves gens du peuple de France, simples, cordiaux, mais déjà d'une main posée sur ses épaules, le matelot l'entraîne.

— Tenez patronne, je vous le ramène, votre beau petit ami. Servez-lui de la soupe chaude et de la bouillabaisse, ça lui dégèlera la langue…

Et Kouki se retrouve attablé devant une grande assiette au fumet de poisson, une tasse de café bien noir, tandis que le dénommé Maurice lui verse, d'un bras arrondi, une petite goutte de « remontant ».

Les braves gens et leur fille, robuste gaillarde aux lèvres rouges, le contemplent d'un air satisfait et intrigué.

Mais Kouki ne se sent pas en veine de bavardage.

Ayant achevé son repas il se lève, laissant sur la table un billet bleu.

La femme proteste :

— Rentrez donc ça. C'était pour rien, pour vos beaux yeux…

— Oh ! je vous en prie madame, vous avez été si bonne. Je ne l'oublierai pas.

Réchauffé, il a repris sa valise et son air hardi, mais il s'immobilise tout à coup sur le seuil.

Du trottoir la jeune fille fait des signes :

— Venez donc voir vous autres, ce qui se passe sur le port. On arrête des gens.

L'adolescent s'est vivement rejeté à l'intérieur. Penché à la vitrine, entre deux bouteilles, un chat et un palmier nain dans son pot de faïence, il observe avec passion, les yeux agrandis.

Une vedette vient d'accoster sous la pluie. Montant les degrés, des agents de police apparaissent, puis deux hommes :

— Danley, et Raymond… Ah ! ça par exemple, murmure Kouki, stupéfié.

Un Danley sombre, vêtu à la hâte, la barbe mal peignée menottes aux mains.

Un Raymond qui lui n'a pas de barbe mal peignée, car il n'a plus de barbe du tout, mais le jeune garçon a reconnu sans peine son grand nez, ses yeux faux et sa dentition brillante. Quelques matelots du *Fortuné*, le commissaire du bord, des policiers en civil ferment la marche. Tout ce monde-là se partage deux autos puissantes et hermétiques qui démarrent et disparaissent au milieu d'une haie de curieux vite assemblés malgré l'heure matinale.

— Encore des pickpockets de navire, commente le patron.

La jeune fille qui est allée aux informations, revient volubile.

— On dit que c'est des trafiquants « de la drogue », les chefs d'une bande qu'on vient de pincer.

— Eh ! bonne mère, c'est qu'il n'en manque pas dans notre bonne ville de ces bandits-là avec tous les bateaux qui viennent des Indochines.

D'un regard un peu soupçonneux, la bonne femme suit la mince silhouette de Kouki, qui prenant congé discrètement, vient de se glisser dehors et s'éloigne au long du quai.

— C'est comme ce petit-là, té… Il n'avait pas l'air d'avoir envie de regarder les gendarmes dans le blanc des yeux… Ah ! ceux qui viennent de là-bas, c'est curieux, il faut toujours qu'ils aient un mystère dans leur poche. Comme si ça ne valait pas mieux de vivre tranquille, pas vrai Maurice ?…

*

A bord du *Fortuné*, Pierre-Yves de Kervignys, les mains dans les poches de son élégant manteau de voyage, a regardé s'éloigner la vedette et ses prisonniers.

Au passage Danley lui a jeté un regard lourd de haine, mais le mince sourire ironique du jeune homme lui a répondu, semblant redire une fois de plus :

— Vous n'êtes pas prudent, Danley, pas prudent…

Debout près de lui, le commandant Durtal hoche la tête.

— Le nommé Pilon, alias Delcourtois, manque à l'appel. Comment a-t-il fait son compte pour quitter le bateau. J'ai fait fouiller partout. Contrariant !

D'un geste de sa main gantée, le conte de Kervignys ébauche un geste indifférent.

— Bah ! un comparse… Seul, il n'est pas dangereux. Bizarre. Je l'aurais cru moins méfiant que ses complices et c'est lui qui nous glisse entre les doigts.

— Enfin, je suis heureux que cette désagréable affaire ait été liquidée avant le réveil des passagers. Je vous remercie de votre concours, cher ami.

— Je vous en prie, Commandant, c'est à moi de vous remercier.

Les deux hommes échangent une poignée de mains cordiale.

— Je vous verrai sans doute avant votre départ, n'est-ce pas ? demande l'officier qui s'éloigne.

— Vous pouvez y compter, Commandant.

Resté seul le jeune homme reporte ses regards vers la ville lointaine.

Une petite main s'est glissée dans la sienne ; coiffée d'un capuchon blanc, ses frisettes dans les yeux, c'est l'Agneau caressante, un peu fébrile de toute cette grande joie de l'arrivée.

— On est revenu, Pierre-Yves ; c'est la fin du voyage ?...

— Oui, répète-t-il, c'est la fin du voyage.

Une fêlure insolite dans la voix mâle alarme l'enfant délicate. Elle lève les yeux vers son frère et soudain l'étreint à deux bras.

— Pierre-Yves, Pierre-Yves...

Qu'est ce que t'as dis ? Tu pleures ?...

— Mais non, c'est la pluie. Tu es sotte, répond-il un peu rudement.

Mais il la serre contre lui, très fort...

*

Le lendemain de ce jour, on put voir Master Kouki, légèrement ahuri, profondément ravi et un peu honteux de ses bottes et de ses knickerbockers dans ce Paris élégant, traverser la place de la Concorde, sa valise à la main et le nez au vent.

Le frais matin de novembre, bleu léger et or pâle, le va-et-vient des autos et des piétons, la sensation d'être enfin à Paris, versait en son cœur une griserie réconfortante. A grand peine il se retenait de siffloter selon son habitude, et ses joyeuses réflexions à la vue de l'ascenseur, lorsqu'il pénétra dans l'un des beaux immeubles du boulevard des Italiens, amusèrent fort le concierge cérémonieux.

— Faut-il qu'on soit paresseux dans la métropole !

Au troisième étage, Kouki s'arrêta, un peu ému.

« Ce cher Olivier, ça va lui faire un coup de me voir débarquer comme ça. Quel plaisir de le revoir ! Pourvu que je ne rencontre pas ses parents... »

— Monsieur Olivier de Barre est-il là ? s'informa-t-il auprès du valet de chambre impeccable qui lui ouvrait la porte.

— Monsieur Olivier ? Il doit être sur le point de partir à son cours.

Si Monsieur veut bien me dire son nom ?...

— Patrick Mercier.

Resté seul dans un petit salon agréablement meublé, il attendit marchant de long en large, inspectant les murs, et soudain :

« Tiens !… mais, c'est le bungalow. Et Patrick, Olivier et moi devant, à cheval. Ah ! comme c'est bon de revoir cela ! »

Son émotion fut si brusque qu'il en eu les larmes aux yeux. Mais une porte s'ouvrait.

— Patrick, mon vieux, est-ce possible ? cria une voix affable.

Un jeune homme venait d'entrer, maigre, élégamment vêtu, des traits fins, des lunettes, une tête d'étudiant aimable. A la vue de Kouki il s'arrêta, les yeux agrandis, la main sur la poignée de porte.

*

— Comment ? C'est… toi… vous… enfin toi, ici ?

Un long sourire éclairait le visage de Kouki. Il posa un doigt sur les lèvres.

— Chut, dit-il, ferme la porte. Ensuite on verra.

Olivier de Barre obéit machinalement.

— Ah !… Ça… répétait-il complètement abasourdi, on m'annonçait Patrick que j'attendais d'ailleurs et…

— C'est moi qui suis Patrick, trancha Kouki. Oui… Je suis entré chez toi sous le nom de Patrick Mercier, mais j'en ressortirai sous un autre ; devine lequel ?… Le tien, tout simplement.

Et pourtant je reste toujours Master Kouki, ton vieux camarade. Allons, Olivier, ne tombe pas de la lune ; dis-moi bonjour, veux-tu ?

Il tendit ses deux mains et le jeune homme les prit avec une émotion visible.

— Bonjour, Master Kouki, je suis heureux de vous revoir, vous vous en doutez bien.

Mais le visiteur fronce les sourcils.

— Qu'est-ce que ce vous intempestif ?... T'ai-je marché sur les pieds ?

— Mais non Kouki, charmant imbécile... Seulement, tu me comprends... tu as grandi.

— En voilà un reproche. Il me semble qu'à mon âge c'est mon métier. Tu as grandi toi aussi, grande perche en bambou. Vas-tu te mettre dans la tête que je suis toujours ton diable de Master Kouki ?

Rieur, les mains dans les poches, il se plante sur ses jambes solides :

— Voyons, maintenant, me reconnais-tu ?

— Certes oui.

— Alors, ça va. Viens t'asseoir là, Olivier. Regarde-moi un peu. Tu n'as pas changé. Toujours tiré à quatre épingles comme autrefois. Mais attends, tu as un air, comment dirais-je, un peu citadin, un peu étriqué... Pas étonnant, à force de vivre entre quatre murs, au 4e étage. On se donne le torticolis, pour apercevoir un coin de ciel bleu, quant aux arbres n'en parlons pas. Te souviens-tu des grands banians de la forêt ?... Tu n'as pas le cafard quelquefois quand tu y penses ?...

Olivier a un geste évasif.

— Si quelquefois ! Mais tu sais la vie d'étudiant à Paris n'est pas embêtante…

— Évidemment… Mais moi, il me semble que je ne pourrais jamais vivre ici. J'en mourrais. Il me faut la liberté. Je suis une plante de la jungle, tu sais. Oh ! Olivier, te rappelles-tu quand… Non, ne rappelons rien. C'est le passé. Il vaut mieux ne pas y toucher. Dis-moi, plutôt, que deviens-tu ?… Cette vie d'étudiant, pas embêtante ?… Dépenses-tu, comme moi, les millions de ton père, dans les boîtes de nuit ?…

— Comment ?… Que dis-tu ?… Tu dépenses les millions de ton père dans des boites de nuit ?…

— Non, pas encore. Mais ça viendra. On me l'a prédit un soir que j'étais ivre. Oui, tout porte à croire que je deviendrai un jeune dévoyé… Tu comprends je suis déjà si joli garçon.

Il éclate d'un rire clair, enfantin. Olivier retire ses lunettes d'un air grave pour le considérer.

— Je ne te suis plus du tout… Décidément tu te ressembles toujours. Tu n'as pas perdu l'habitude de débiter toutes les folies qui te passent par la tête… Enfin me dirastu avec qui tu es à Paris et ce que tu y fais ?

— Mon Dieu, pour l'instant, j'y suis avec toi, et je t'y rends visite.

— On ne pourra donc jamais parler sérieusement avec toi, Kouki. Toujours à rire…

— Ça vaut mieux. Si je ne riais pas en ce moment, je pleurerais. Tu ne voudrais pas que je pleure, Olivier ?

— Mais non, bien sûr. Ris je t'en prie, ris tant que tu veux. Seulement dis-moi sérieusement ce que tu viens faire en France.

— J'y viens tuer Jack Balafre.

Le pauvre Olivier sursaute une fois de plus.

— Tuer ? Tu as de ces plaisanteries !

— Je ne plaisante pas.

L'adolescent pose sur son camarade ses yeux noirs, intelligents et graves.

— Crois-tu que j'aurais pu me décider à quitter l'Indochine, mon pays, si je n'étais pas résolu à poursuivre l'assassin de mon père jusqu'au bout. Jack Balafre... Tu sais bien, cet aventurier dont on parlait tant. C'est lui, j'en ai la certitude, qui a tué mon père et fait exécuter le pauvre Ling-Tsaï.

— Le vieux Ling-Tsaï ?... Mort ?... Oh ! c'est horrible.

— Oui, c'est horrible... Un homme dangereux, vois-tu Olivier, un homme aux cent visages. Je l'ai senti si près de moi partout et sans savoir lequel c'était... Ah ! je t'assure, je préfère être assis auprès de toi et avoir quitté cet affreux navire.

Écoute Olivier, il faut que tu m'aides, comme Patrick m'a aidé. Je ne te demanderai pas grand-chose. Seulement de me prêter tes papiers, ton nom, j'en userai avec discrétion. Mais cela m'est nécessaire pour mener mon enquête.

— Ton enquête ? As-tu lu les journaux de ce matin...

— Ma foi non, dit Kouki interloqué.

— Alors attends-moi quelques secondes.

Le jeune étudiant disparaît un instant et revient portant d'une main un plateau et de l'autre un journal.

— Tiens, voici quelques tartines, Rouletabille. Restaure-toi, tu as une tête fatiguée qui me fait peine.

Voyons maintenant, où est le passage ! Pas plus tard que ce matin, en absorbant mon petit déjeuner je suis tombé sur cet entrefilet… Où était-ce donc ?… Ah ! voilà… tiens, lis.

Kouki la bouche pleine, saisit le journal avec vivacité. Olivier souligne du doigt un sous-titre en grosses lettres :

« Arrestation à Marseille d'une bande de trafiquants d'opium. Hier, dans la matinée, vers six heures, accostait au quai 5 une vedette, de laquelle descendirent deux hommes et une femme, solidement encadrés. Il s'agissait de monsieur Danley, homme d'affaires fort connu à Shanghai, de sa fille et d'un certain Burk, qui voyageait sous le nom de monsieur Raymond et dont les moyens de subsistance semblent se révéler assez suspects. Des opérations de police analogues ayant eu lieu le même jour dans divers ports cosmopolites, notamment Tunis et Port-Saïd, on pense enfin tenir en main les ficelles d'une importante association de trafiquants d'opium. L'enquête a révélé que leur chef, un certain Jack Balafre, célèbre par ces crimes et ses retentissantes escroqueries, aurait disparu depuis quelques mois. Il aurait été tué au cours d'une rixe. L'enquête se poursuit. »

— Ça alors, dit Kouki stupéfait.

Il lâche le journal et attaque à pleine dents une seconde tartine. Il a besoin de se soutenir.

— Il est évident que ça tombe à pic, reprend Olivier. Je ne me doutais pas ce matin, en lisant ce journal, que tu allais bientôt m'entretenir de cette fripouille. Le nom de Jack Balafre si connu là-bas m'avait retenu… Alors, qu'en penses-tu ?

— Je pense qu'on ne se trompe pas, quant aux bonshommes Danley et compagnie. Mais Jack Balafre n'est pas mort.

— Sur quoi bases-tu cette certitude ?

— Eh bien, des tas d'indices trop longs à te raconter. J'ai l'impression qu'un beau jour Jack Balafre a décidé de se retirer des affaires. Peut-être se trouvait-il suffisamment riche. Alors il a fait courir la légende qu'il était mort, puis fait coffrer ses complices. Maintenant, quelque part en France, dans un beau château, sous un faux nom, il va mener une vie paisible, heureuse.

Non, non, il ne faut pas qu'il en soit ainsi… Je le retrouverai, moi, je le démasquerai…

Kouki parle avec une passion amère et farouche.

Et tandis qu'il parle, il revoit le fier visage de Pierre-Yves, sa belle bouche triste, son fugitif sourire indulgent, et l'horrible cicatrice rouge au poignet gauche…

Olivier l'observe avec pitié.

— Je comprends ton tourment Kouki…

— Tu ne peux pas comprendre, soupire le jeune garçon.

— Mais si je t'assure… Seulement tu as toujours été un peu tête chaude, pas très raisonnable, tu sais bien. Tu parles de tuer. Mais enfin, voyons… On ne tue pas les gens comme ça. C'est très grave… Et puis en France, cela fait du bruit. On n'est pas au fond de la jungle ou parmi les indigènes dont les us et coutumes sont impénétrables. Évidemment tu as été élevé là-bas, tu ne te rends pas compte…

— Ah ! ne t'en fais pas pour lui, soupire Kouki avec lassitude, peut-être ne le tuerai-je pas ? Seulement me trouver en face de lui, connaître son vrai visage et lui dire : « Je vous hais… Je vous méprise… »

— Alors, ça, mon petit, du coup c'est de la démence. Je t'en prie renonce à…

Kouki l'interrompt avec un mouvement de front têtu :

— Renoncer. Ça jamais. Il m'a tué mon père… Mon père, peut-être ne l'ai-je pas aimé comme je l'aurais dû, mais maintenant, que suis-je sans lui ? Une épave, un enfant abandonné. Là-bas, on me tournait le dos, tu te souviens. Il n'y avait que toi et Patt… Tes parents eux-mêmes que diraient-ils, s'ils me trouvaient ici ? En France je suis un étranger. Et là-bas personne ne m'attend plus au bungalow de la montagne et Ling-Tsaï est mort. Non, Olivier, ne m'enlève pas mon but, sinon que deviendrais-je ?… Alors, vraiment tu ne veux pas m'aider ?

Olivier pousse un long soupir.

— Tu sais bien que je n'ai jamais pu te refuser quelque chose. Tu nous as toujours fait tourner en bourrique.

Et puis, au fond, qui sait ? Peut-être as-tu raison et t'en tireras-tu. Tu es un diable de Kouki si malin. A Dieu vat, selon ton expression favorite. Que veux-tu que je fasse pour toi ?

— Olivier, tu es un chic type. Prête-moi pour huit à dix jours ton nom, tes papiers, un peu d'argent, et un chandail parce que je meurs de froid dans ce pays.

— Entendu.

Olivier soupire derechef avec bruit.

— Ah ! non ! mon vieux, proteste Kouki en riant, ce n'est plus un soupir, c'est une bourrasque. Tu me décoiffes. Mais son camarade s'est éloigné. Lorsqu'il revient il a quitté son air boudeur et retrouvé son aimable visage un peu insignifiant mais sympathique. Il explique bourru :

— Là, voilà mes papiers, l'argent. Est-ce suffisant ?... Mon plus beau pull-over à col roulé. Tu vas te perdre dedans, petite graine des tropiques... Quelques cigarettes et du chocolat.

— C'est magnifique. Olivier, tu es un ange. Vite, il faut que je file... J'ai à attraper un train pour Saint-André.

— Qu'est-ce que ça encore ?

— Je n'en sais rien. Peut-être le repaire de l'ogre. Allons, au revoir cher vieux. Pardonne-moi de t'avoir fait rater ton cours... C'est loin d'ici la gare Saint-Lazare ?

— Non, tout près. Va jusqu'à l'Opéra et prends la rue Auber.

— Merci. Encore une fois tu es un ange, un archange, un séraphin, un copain épatant...

Il dévale l'escalier.

— Kouki, appelle Olivier par dessus la rampe.

Il entend son ami crier joyeusement : « Au revoir » au concierge. Il ôte ses lunettes et hoche la tête avec un sourire vague mi-amusé, mi-triste.

"Inouï !" murmure-t-il.

*

* *

XI

L'enfant de cette terre…

Sous le pas léger de Kouki les feuilles tombées des marronniers craquent légèrement. Perdu dans l'or somptueux des feuillages un petit oiseau attardé leur répond deux notes claires, penche la tête, s'ébroue… Puis le silence retombe.

Arrêté contre la vieille grille rouillée du château, Kouki regarde au loin.

C'est un domaine perdu et comme mort. Une allée droite, bordée de beaux hêtres pourpres et de chênes roussis par l'approche de l'hiver, remonte jusqu'à la maison aux volets clos.

L'herbe jaunie pousse contre la grille.

Quelques heures auparavant, quittant le petit village de Saint-André où il a élu domicile depuis la veille, à l'auberge du « Vert bocage » Master Kouki s'est acheminé vers le château de la Marée, par un chemin sous bois qui sentait la feuille morte, le champignon, la mousse brune.

Il sait maintenant que cette adresse " Château de la Marée (Eure) " l'a mené en Normandie ; une autre province française qu'il ne connaît pas.

Il va, les mains dans les poches, à pas lents, émerveillé par les tonalités vibrantes de la forêt d'automne : les cuivrées, les rouge vif, les rouge braise, et les grandes flammes jaunes immobiles des peupliers.

Et voici qu'il oublie sa solitude. Il oublie Jack Balafre et ses crimes, il oublie jusqu'au souvenir de la grande jungle inhumaine. Il va comme l'enfant qui retrouve sa terre, qui respire l'air natal.

Il va, souriant ; le visage levé vers les frondaisons mordorées si heureux qu'il parle tout haut, pour lui seul, récitant de sa voix légère :

«... Je revois le ciel d'un bleu changeant, sur lequel éclatent en soleil, les taches ardentes des vieux chênes.

« Et les tons d'écailles, d'orange et de citron, le violet profond des hêtres…

« O beaux arbres de France à l'automne royal… »

C'est Pierre-Yves qui a écrit cela dans son livre de poésie.

Il s'arrête le cœur serré. Un écriteau à demi effacé, indique : le domaine de La Marée.

Kouki est devant la grille du vieux château. Machinalement il appuie son visage aux barreaux. Qu'y a-t-il là ? Quelle révélation nouvelle l'attend ?

Le silence est profond, mais tout à coup, un bruit de sabots retentit, proche sous les arbres.

Surgissant d'une allée, un vieil homme vient d'apparaître. Il est amusant. Un immense chapeau de paille couvre sa tête chenue, et son opulente moustache, recouvrant sa bouche et jusqu'à son menton, lui donne la physionomie quelque peu ahurie d'un phoque débonnaire. Son tablier bleu à grande poche complète son équipement de fidèle jardinier, le jardinier classique qui est depuis vingt-cinq ans dans la maison.

Apercevant une silhouette derrière la grille il soulève son chapeau, geste accompagné d'un « Bonjour messieurs-dames » empêtré dans les poils de sa moustache.

Puis, s'immobilisant tout à coup, il pousse un retentissant : "Hélà, mon Dieu !" et reste là, les bras ballants, considérant Kouki avec des petits yeux hallucinés.

— Excusez-moi, monsieur, dit le jeune garçon un peu surpris. Je regardais le château. J'espère que cela ne dérange pas.

« Ce pauvre homme est fou ou idiot » songe-t-il. Il s'éloigne de la grille mais son geste semble ranimer le bonhomme :

— Attendez voir, crie-t-il, avançant sa main noueuse, vous en allez pas. Qui c'est-y que vous êtes ?

— De passage dans la région, répond Kouki, pour quelques jours.

— Et comment que vous vous appelez ?

— Olivier de Barre.

Le vieux souffle dans sa moustache.

— Bon, j'aime mieux ça. Mais tout à l'heure quand je vous ai vu là, regardant à travers la grille et si semblable à l'autre ça m'a fait un coup. Je me suis dit : Seigneur, j'ai des visions, ou bien c'est-y son fantôme qui revient...

— Quel autre ? interrompt l'adolescent étonné.

— Un garçon à peu près de votre âge, monsieur, qui se tenait là il y a trente ans, pareil à vous, avec des culottes de cheval et des bottes comme les vôtres, des cheveux moins noirs peut-être mais aussi frisés, pareil à vous, à part que ses yeux étaient bleus… et qui me criait : « Eh ! Toine, viens donc m'ouvrir la grille. » Si bien que quand je vous ai aperçu, pour un peu je vous aurais dit : « Eh ! m'v'là, m'sieur Jean, patientez. ». Ah ! ça m'a fait un coup ! Bien sûr, maintenant que je vous vois de plus près, j'vois bien que c'est pas lui. Il était plus costaud et moins brun que vous. Un noir au teint blanc que c'était son genre.

Mais n'empêche, c'est curieux des ressemblances comme ça. Vous avez dû me prendre pour un vieux fou, monsieur ?

— J'ai été un peu étonné, dit Kouki en riant. C'était un des châtelains d'ici, votre jeune garçon ?

— Oui dame. Le fils unique à monsieur le marquis de Perceval. Un beau gamin ce Jean ; pas facile tous les jours. Mais j'lai vu naître et il était charmeur, allez, quand il s'en donnait la peine.

— Jean de Perceval, répète Kouki doucement.

Et il s'appuie contre la grille.

Jean de Perceval… Un autre enfant, collant son visage au barreaux, à cette même place et criant, petit maître despotique : « Eh ! Toine, viens m'ouvrir ! »

« Voilà, songe Kouki, pourquoi il me fallait venir ici. Je suis revenu chez lui, non, chez nous… Non, chez moi. Sur ma terre. Oh ! Dad, tu as guidé par-delà les mers, ton petit Master Kouki abandonné vers le vieux berceau familial… »

« Voilà, je suis revenu. »

— Ça a l'air de vous faire tout drôle ce que je vous raconte, reprend près de lui la voix broussailleuse du jardinier. Kouki lève vers le vieux visage, un sourire un peu tremblé.

— Oui ça me fait drôle… Parce que enfin… cette ressemblance. C'est toujours curieux. Et dites-moi, savez-vous ce qu'il est devenu votre maître, ce Jean de Perceval. N'est-il pas allé à la colonie ?…

— Oh ! non, dit l'homme sombrement. Hélas ! non… Il est mort.

Kouki sursaute.

— Mort ? Comment cela ?… Ici ?

— Oui. Ici. Ça va faire dans les quelques vingt ans.

— Vingt ans !… Mais non, ce n'est pas possible.

— Pourquoi n'est-ce pas possible ? interroge l'homme surpris. J'le sais bien, moi, mon jeune monsieur que ça fait vingt ans. J'l'oublierai pas de sitôt, allez, cette nuit-là où on nous l'a assassiné notre beau petit gars… Et que je l'ai couché moi-même dans son cercueil avec sa pauvre figure défigurée, qu'on ne l'aurait pas reconnu qui était toute hachée par les balles… Ah ! Qué misère… Rien que d'y penser tant d'années plus tard, j'en ai encore le sang tout froid…

Il s'est approché de la grille, lui aussi tient les barreaux entre ses vieilles mains.

— J'en ai pas parlé souvent, dit-il, mais de vous voir là, comme ça, ça m'a mis à l'envers. Faut que je vous raconte.

— Oui, racontez.

— Oh ! ça n'est pas bien long. Un drame banal comme on

lit dans les journaux. Dame, que ça arrive dans les journaux je veux bien, mais que ça soit arrivé dans une famille comme la nôtre, le Bon Dieu n'aurait pas dû permettre ça.

Enfin voilà... Monsieur Jean devait avoir dans les vingt-cinq, vingt-six ans et il faut dire qu'il était plus souvent à Paris qu'ici car il aimait la bonne vie ; même que ça ne plaisait pas beaucoup à Monsieur le marquis et à Madame. Ils ont pensé le retenir ici en le mariant avec sa cousine Élisabeth, une filleule à Madame, orpheline qui avait été élevée avec lui. Mais, pendant les fiançailles, il est venu ici avec un cousin qu'était pas mal fait de sa personne et gentil avec ça. Il faut vous dire que la petite... Ah ! je dis toujours la petite parce que je l'ai promenée dans sa voiture à chèvres... eh ben ! elle avait un peu peur de M. Jean. Alors quand le cousin est venu... dame ça l'a fait réfléchir. Elle pouvait pas l'épouser parce qu'il était marié, mais elle a p't'être compris qu'elle n'aimait pas monsieur Jean pour de bon.

Ah ! J'vous crois qu'y a eu du tirage ces vacances-là. M. Jean et le cousin étaient comme deux coqs, le cousin surtout parce que M. Jean c'était un garçon à sang-froid. Je disais à ma femme : « Y vont faire un malheur ces deux jeunes gens-là... » J'me trompais pas comme vous allez voir.

Un soir on a entendu des coups de feu du côté du château. J'étais concierge dans ce temps. Je soupais avec ma femme Fine qu'on l'appelait, dans la petite maison que voilà, tout près. On s'est arrêté de souper. Je voulais aller y voir, mais ma femme me dit : « Laisse donc. C'est les jeunes messieurs qui s'exercent pour la chasse de demain. Mange donc, ton omelette froidit.

— Bon, que j'dis. »

Mais au bout d'un moment j'entends courir dehors, et un petit gars du pays, qui était marmiton au château, entre les yeux hors de la tête !...

— M'sieur Toine, qu'y me dit, venez vite. On vient de tuer M'sieur Jean...

Ah ! misère !... Si longtemps que je vivrai, chaque fois que je regarderai mes vieilles mains, je les reverrai pleines de sang, telles que j'les ai vues ce soir là quand j'ai relevé mon jeune maître sur le tapis du salon.

On l'avait tué, monsieur, sauvagement à bout portant, de plusieurs coups dans la tête... La cervelle avait sauté... Mais je peux pas vous donner de détails : Ça vous ferait impression... Au petit jour on l'a mis en bière, et la paroisse lui a fait des funérailles...

Et maintenant il n'y a plus d'héritiers à la Marée !...

— Je n'y comprends plus rien, gémit Kouki.

— Et pourquoi donc ? s'étonne le vieux Toine. C'est pourtant pas malin à comprendre. Le cousin s'est disputé avec Monsieur Jean et il l'a tué. Il s'est sauvé d'ailleurs après le coup, mais il a pas attendu longtemps son châtiment, allez. Il y a eu un accident de chemin de fer le lendemain et il y est mort, qu'on dit !

Aussi bien, Monsieur et Madame ne voulait pas que la police se mêle de l'affaire à cause de leur nom. Nous on n'a pas jasé. Quant à Mlle Élisabeth elle est tombé si malade qu'on a cru qu'elle allait mourir. Ça aurait mieux valu pour elle, pauvre chère âme, car depuis, elle a quasi plus sa raison.

Elle vit ici avec Madame la Marquise, toutes deux seules dans ce grand château depuis la mort de Monsieur le Marquis.

Et ça me fait deuil quand j'y pense en greffant mes rosiers. Le domaine s'en va mourir avec nous. Y a plus d'héritiers à la Marée.

— Si, il y a moi, a envie de crier Kouki. Moi, l'enfant de Jean de Perceval. N'ai-je pas senti tout de suite que j'étais l'héritier de cette terre et que le vieux domaine m'attendait, me reconnaissait…

Alors d'un élan.

— Eh ! vieux Toine. Ouvre-moi la grille, lance-t-il presque joyeusement.

Plongé dans ses souvenirs, le vieillard a tressailli.

— Ah ! vous n'êtes pas gentil mon p'tit gars de plaisanter ainsi, dit-il avec reproche. Ça me fait tout chose de vous entendre. C'est-y pas Dieu possible que vous lui ressembliez tellement avec vos cheveux frisés…

— Mais ouvrez-moi donc, s'impatiente le jeune garçon. Je désire rendre visite à la Marquise de Perceval.

Le vieux Toine s'exécute d'un air ahuri et va tirer une petite porte sur la gauche :

— Rendre visite à Mme la Marquise, bougonne-t-il. En voilà des idées. Elle aime pourtant pas les visites, Mme la marquise. Y doute de rien ce petit gars. Pour un peu il aurait la manière de M. Jean de vous faire marcher… Entrez, dit-il à Kouki, si vous y tenez absolument. Vous n'avez qu'à remonter l'allée et puis tourner un peu sur votre droite.

Par ce joli temps Mme la marquise doit être dehors. Si vous ne la trouvez pas, sonnez au perron…

Déjà Kouki s'est élancé.

Dans la tiède chaleur de cet après-midi automnal il va vers la vieille demeure et il n'y a que le bruit de ses pas légers sur le gravier.

Il va savoir. Il ne sait pas encore quoi, mais il se hâte.

Et soudain il l'aperçoit. Elle est là dans sa bergère d'osier et tricote activement. Elle a des traits fins et menus, couleur de vieil ivoire, et sur ses cheveux d'argent une pointe de dentelle.

Il s'arrête le cœur battant. Peut-être sourit-il ?

Il revoit un autre visage ridé qui se penchait sur lui jadis. Sa bà ngoai, sa grand-mère, princesse de la famille royale du royaume d'Annam, venant le voir en cachette, le serrant contre sa luisante robe noire, le comblant de gâteaux sucrés à l'anis et s'enfuyant quand elle entendait le pas de son gendre car elle le craignait.

Et voici un autre visage ridé, si différent et portant le même nom d'amour… Grand-mère.

Kouki s'avance :

— Madame, dit-il…

La vieille dame a levé les yeux ; des yeux bleus, encore très beaux, pleins de hardiesse. A la vue de la jeune silhouette, leur flamme brûlante semble vaciller et devant le bouleversement atroce de cette physionomie usée, Kouki recule et porte instinctivement la main à son visage.

Un silence presque tangible pèse entre eux ; une feuille de marronnier descend lentement en tournoyant et glisse sur le sable.

— Que désirez-vous, monsieur ? interroge enfin la Marquise d'une voix imperceptible.

Alors Kouki s'est avancé :

— Veuillez m'excuser, Madame, de vous déranger ainsi. Mais l'on m'a dit que vous vous nommiez la Marquise de Perceval. Or mon père s'appelait Jean de Perceval ; et j'ai pensé que nous étions sans doute de la même famille, que vous étiez peut-être...

Il hésite. Dans le silence chaud la voix claire est tombée et rien ne lui a fait écho si ce n'est la chanson alanguie des grillons dans la prairie.

La vieille dame ne quitte pas des yeux son visage ; ses mains frêles tremblent légèrement, et quand elle parle sa voix froide s'altère encore :

— Je ne comprends pas bien ce que vous m'expliquez là, mon petit ami. Votre père se nommerait Jean de Perceval, dites-vous. Pourtant, je ne vois pas dans notre parenté du côté de mon mari, quelqu'un portant le même nom que mon fils...

Comme ses mains tremblent ! Son regard bleu se durcit dans une sorte de désespoir.

— Mais justement, votre fils, Madame. Est-ce que ce ne pourrait pas être...

— Mon fils est mort il y a longtemps. Très longtemps...

Elle a dit cela d'un ton de rêve ; il semble qu'elle ne puisse détacher ses yeux de ceux de Kouki, sous ses boucles noires.

— Pourtant, Madame, murmure Kouki, je vous assure que mon père s'appelait bien Jean de Perceval et comme le vieux Toine trouvait que je lui ressemblais... à votre fils, j'ai pensé...

— Ah ! le vieux Toine vous a vu.

Elle semble se raidir comme pour une lutte.

— Êtes-vous avec votre père dans la région ?

— Oh ! non, Madame, je suis là... par hasard. Mon père est mort... lui aussi, il y a un an.

— Il est mort, répète-t-elle de cette même voix qui semble venue de très loin.

Puis elle semble se ressaisir et reprend un peu haletante et comme épuisée :

— Mais que venez-vous chercher ici, mon pauvre enfant ?... Je ne peux rien vous dire de plus.

Mon fils est mort... Mon fils est mort, gémit-elle plus bas ; alors pourquoi reviendrait-il encore me tourmenter.

*

*   *

XII

L'écho de sa peine

— Allez au cimetière… Allez-y… Vous y verrez sa tombe… a dit la vieille châtelaine.

Et Kouki, au soir tombant, erre parmi les croix, entourées d'herbe et de liserons, à l'ombre de la petite église.

C'est une petite église romane, un bijou d'art comme il y en a tant en ce pays riche et secret. Perchée sur la hauteur il émane d'elle un calme pieux et l'impalpable tristesse des lieux presque abandonnés.

Debout devant la tombe, Kouki n'aura pas vu venir la nuit. Ses yeux ne peuvent se détacher de la dalle gravée : « Jean de Perceval, né le 25 février 19… Décédé, le 18 septembre 19… dans sa vingt-sixième année. »

Et, près de lui, abrités par un étrange et somptueux monument funéraire, d'autres tombes, d'autres noms :

Thierry de Perceval… Anne de Perceval, née Lamotte… Rosenn de Perceval, décédée à l'âge de 10 ans… Jean de Perceval… Encore un autre Jean, encore une autre Anne…

— Anne Rosenn, murmure l'adolescent, c'est vraiment surprenant… Sa tombe est là, parmi ceux de son nom !

Il n'y a plus là-bas sous les orchidées épanouies roses et violettes à l'ombre des grandes feuilles blanches des lataniers, une autre tombe solitaire. L'homme exilé est revenu parmi les siens…

Et Kouki revoit intensément le regard froid des yeux bleus dans le visage buriné, les gestes de cette main racée qui caressait sa toison brune :

— Master Kouki, ma petite panthère, il faut aller dormir. C'est l'heure !

— Êtes-vous là aussi à dormir, Dad ? soupire-t-il.

Le son de sa voix semble le tirer de son engourdissement ; il s'éloigne dans l'ombre :

— Mais toi alors qui es-tu ? demande-t-il d'une voix plaintive. Où est le vrai Jean de Perceval, l'enfant de cette terre ?

Qui es-tu, dis-moi, toi qui étais mon père et qui m'a transmis son visage ?

A la porte du cimetière il a croisé un vieux prêtre aux cheveux blancs, qui traîne de lourds sabots.

— Bonsoir, monsieur le Curé, dit-il poliment.

L'ecclésiastique lève vers cette ombre mince qui le croise de bons yeux souriants, mais soudain sa physionomie change et revêt l'expression bouleversée du vieux Toine :

— Jean…

Alors Kouki a de nouveau porté la main à son visage, ce visage qui rappelle tant celui de l'autre.

Il descend la colline, et ceux qui l'ont croisé sur le chemin ont songé : Qu'à donc ce garçon ? Quelle est sa peine ?

Le lendemain l'a revu aux abords du château, décidé à pousser plus avant son enquête.

Il pressent que l'action s'est soudain pelotonnée, et qu'un même nœud mêle au sein de cette vieille demeure, le mystère de son père, le mystère de Jack Balafre et le mystère de Pierre-Yves de Kervignys.

— Pierre-Yves !... Pierre-Yves !...

Tiens, qui donc a fait écho, là-bas, sous la futaie à ses propres pensées ?

— Pierre-Yves !... Pierre-Yves !...

Kouki frisonne profondément. Est-ce le génie de la forêt qui le raille de sa peine ? Qui donc appelle ainsi ?

— Pierre-Yves !... Pierre-Yves !...

C'est une voix douce qui tremble, comme désespérée infiniment et lasse d'appeler en vain.

Au tournant du sentier, une femme est apparue, une longue silhouette vêtue de noir. Elle marche lentement, les bras tombés, les mains jointes devant elle, Elle a de magnifiques cheveux d'un blanc d'argent, de doux yeux couleur de violette, et par instant elle jette sa plainte :

— Pierre-Yves !... Oh ! Pierre-Yves...

Immobile, au milieu du chemin, Kouki la regarde venir les yeux agrandis ; il lui semble vivre quelque rêve insensé qui a pris la couleur de ses pensées.

La femme marche à pas lents, et les feuilles tombées craquent dans le lourd silence.

Mais comme elle aperçoit Kouki, ses longues mains diaphanes se mettent à trembler, ses yeux s'emplissent de larmes soudaines.

Elle balbutie :

— Jean… oh ! Jean… Je t'en prie, laisse-moi… Je n'ai pas envie de faire du cheval aujourd'hui.

« C'est la folle, se dit le garçon bouleversé, la folle Élisabeth ».

Elle reprend fébrile :

— Demain matin, je te promets… Mais pas aujourd'hui ; il faut absolument que je retrouve Pierre-Yves… Il y a si longtemps que je ne l'ai pas vu… Son petit garçon courait dans la forêt. Il est allé le chercher du côté des étangs… Mais j'ai beau les appeler, ils ne répondent pas… Je t'en prie, ne m'oblige pas à faire du cheval aujourd'hui…

— Mais non, je ne veux pas que vous fassiez de cheval aujourd'hui, murmure Kouki.

Il dirait n'importe quoi pour arrêter ce flot de larmes qui coule sur le visage émacié.

— C'est vrai, gémit-elle, tu ne m'obligeras pas ?… Alors pourquoi m'attends-tu ?… Tu veux encore me tourmenter ?

— Non, non, dit vivement Kouki, rassurez-vous. Je voulais seulement vous offrir ces fleurs.

Il lui tend un petit bouquet qu'il cueillait tout à l'heure. La pauvre folle le prend d'une main tremblante. Un sourire incertain éclaire son visage ravagé :

— Est-ce pour moi ? demande-t-elle d'un ton plaintif. Oh ! tu es gentil ce matin… Jean. Je t'aime bien.

Kouki pose sa main brune sur la main pâle.

— Moi aussi, je suis seul, dit-il.

Mais un pas rapide a retenti près d'eux sous les branches.

Une voix mâle et profonde appelle :

— Tante Elisabeth !...

D'un élan instinctif, plus prompt que sa pensée même, Kouki s'est rejeté dans les taillis, tapi sous les feuilles comme une bête aux aguets. Il entend son cœur battre à grands coups sourds contre la mousse.

Cette voix c'est... c'est...

C'est lui. Il est là, sous les arbres mordorés, beau toujours, élégant, avec son sourire mélancolique et tendre. Il prend aux épaules la femme immobile et l'embrasse doucement, filialement.

— Bonjour tante Élisabeth.

Me reconnaissez-vous ?

Elle secoue la tête d'un air vague, un peu effaré.

— Oh ! non, non, je ne sais qui vous êtes.

— Mais si voyons, Pierre-Yves... Le petit Pierre-Yves, qui venait vous voir autrefois, auquel vous chantiez de si jolies chansons...

Une profonde émotion bouleverse le fin visage :

— Comment toi, cher petit, c'est toi... Mais je te croyais parti, très loin... très loin.

— Eh bien, me voici revenu, maintenant. Heureux de vous revoir, si heureux, chère Élisabeth.

— Tu es beau, dit-elle en le contemplant, tu ressembles à ton père, tu sais... Décidément c'est le jour des revenants. Tout à l'heure j'ai rencontré Jean... j'ai eu peur. Mais il m'a donné ces fleurs, regarde… et il m'a souri. Il avait un si joli sourire… Et il m'a dit : « il ne faut pas pleurer. » Je ne l'avais jamais vu sourire ainsi.

Les sourcils froncés, le comte de Kervignys l'écoute en silence. Une profonde pitié transparaît sur ses traits virils.

— Allons venez tante, reprend-il doucement, marraine nous attend au château pour le thé…

Mais elle se dégage un peu agitée.

— Non, non, je voudrais savoir où est parti ce jeune garçon qui ressemblait à Jean. Mais ce n'était pas lui, il m'a donné des fleurs. Il disait qu'il était seul… Pauvre enfant j'aurais dû le retenir.

— Ah ! il disait cela ?

Le regard aigu de Pierre-Yves fouille les buissons alentour.

— Master Kouki… Où êtes-vous, mon petit camarade ?

Tapi dans les fougères, Kouki a mordu jusqu'au sang ses lèvres rouges. Il retient son souffle.

— Qui appelles-tu ? s'inquiète la pauvre folle. Il y a donc quelqu'un de caché ici ?…

— Non, la rassure le jeune homme. Il n'y a personne. Le garçon est parti. Venez avez moi, chère tante, venez.

Passant son bras robuste sous le sien, il l'entraîne, très grand à ses côtés.

Et le regard noir de Kouki entre les fougères rousses, les suit longuement.

*

Le soir, après avoir marché longtemps par les bois, lassé, triste, il regagna son auberge du « Vert Bocage ». Le feu craquait dans l'âtre. Il s'assit à la table de bois et demanda à la petite servante de lui servir son dîner.

— Ah ! vous voilà donc, s'exclama la patronne, grasse femme réjouie qui l'avait pris en affection. Où vous étiez-vous ensauvé tout le jour ? Un Monsieur est venu vous demander.

— Moi ?

— Oui. Un bel homme bien mis, avec une auto ! et un chauffeur qui était sûrement chinois. Il vous a attendu un petit moment puis il est parti en laissant cette lettre pour vous.

Elle tendit à Kouki une large enveloppe dont il se saisit le cœur battant. Aussitôt il avait reconnu l'écriture de Pierre-Yves.

« Hello old boy, disait la lettre, vous êtes dans le pays m'a-t-on dit. Joyeuse surprise. J'aurais eu plaisir à vous voir Master Kouki, alias Patrick Mercier… ou Olivier de Barre ? Car vous me manquez beaucoup… Sérieusement.

Mes quatre diables sont à Paris avec Tante Mauve, tandis que j'aménage Kervignys pour vous recevoir tous. Car vous viendrez nous rendre visite, n'est-ce pas, cher garçon.

Je pars ce soir pour la Bretagne. Si jamais vous ne savez où aller, rappelez-vous qu'une famille vous attend au château de Kervignys, par Quimper (Finistère).

A bientôt. Votre ami,

P.-Y. de Kervignys. »

Toute la nuit, dans son grand lit campagnard, Kouki a retourné le problème. Comme savoir ?...

L'aube l'a trouvé résolu, durci.

— J'irai... Je saurai.

Rapidement il saute de son lit et s'habille. L'aube s'étire au dehors sur la campagne, et la brume a ce parfum de terre et de fumée dont la hantent l'automne et l'hiver proche.

En bas, dans la cuisine, la vieille mère Gardon allume son feu. Kouki reprend sa valise et descend à pas de loup.

— Bonjour Madame Gardon... N'y a-t-il pas un train à six heures, pour Paris ?

— En effet, j'crois bien, mon jeune Monsieur.

— Il faut absolument que je le rattrape, Madame. Je vais tout régler avec vous et je file...

Il est parti, seul par les chemins...

En passant il a levé les yeux vers les frondaisons qui cachent le vieux château de la Marée.

Il dit à mi-voix, le cœur serré " Adieu ! Adieu ! "

Mais il songe qu'il va revoir son grand Ami, s'asseoir à nouveau en face de lui, écouter sa voix apaisante, et instinctivement, ne sachant pas vers quelle atroce révélation il va, il sourit.

XIII

Germain Pilon, comme le sculpteur…
Oui Monsieur.

Debout dans le couloir du train qui l'emporte vers la Bretagne, Kouki regarde la nuit. Il fait très noir dehors : des lumières jaunes ici et là, en étoiles ou en nébuleuses, maisons isolées ou villages…

Le vent rejette en arrière les cheveux fous du garçon. Il est encore très jeune Master Kouki, et comme tous les jeunes il aime à regarder à la fenêtre d'un train, même quand il n'y a rien à voir.

Il se sent très éveillé, plus émoustillé que jamais et plein de confiance en l'avenir, il sifflote une petite chanson au rythme du train.

— Eh ! je ne me trompe pas ? C'est bien le célèbre Master Kouki ? Quelle curieuse rencontre !

Kouki se retourne. Un petit homme son chapeau noir enfoncé jusqu'au yeux, le col de son pardessus frileusement relevé, vient de surgir à ses côtés et l'interpelle d'une voix aimable et basse.

— Enchanté de vous revoir, jeune homme. Vous nous avez fait passer d'agréables moments à bord du *Fortuné*. Me reconnaissez-vous ?

— Certainement, dit Kouki d'une voix aussi naturelle que possible. Monsieur Delcourtois, n'est-ce pas ?

— Lui-même… Et alors que pensez-vous de la France ? Vous vous rendez en Bretagne ?

— Mais oui.

— De quel côté ?

— Quimper.

— Ah ! vraiment…

D'un geste qui doit lui être familier il caresse son menton soigneusement rasé. Son regard oblique observe avec attention le visage de Kouki.

Et brusquement, avec un sourire entendu, il glisse :

— Invitation de Jack Balafre, n'est-ce pas ? Château de Kervignys, par Quimper.

Malgré son sang-froid habituel, Kouki n'a pu retenir un tressaillement violent sous cette insinuation inattendue.

Le petit homme a un ricanement doux et bas.

— Alors, j'ai donc deviné juste ?… Vous n'êtes pas prudent, jeune homme.

— Mais je ne comprends pas ? Que voulez-vous dire ? demande Kouki du bout des lèvres.

Son interlocuteur jette un regard alentour.

— Y a-t-il quelqu'un dans votre compartiment ?

— Non.

— Alors entrons-y. Nous serons plus tranquilles.

D'autorité il y a repoussé Kouki et ferme la portière avec soin.

— Là... J'aime me sentir au calme pour discuter certaines choses.

— Mais Monsieur, daignerez-vous m'expliquer ?

La main droite refermée dans sa poche sur son revolver, Kouki a croisé les jambes et adopté une attitude nonchalante. Mais ses yeux ne quittent pas le visage glabre et paterne en face de lui, un vrai visage de rond-de-cuir colonial auquel le soleil et l'exotisme n'ont pas ôté le goût des paperasses et des écritures bien faites.

— Alors nous y voilà..., commence-t-il. Mais, vous êtes bien le fils du banquier de Perceval, n'est-ce pas ?

Le jeu devient serré. En un instant de brève hésitation le garçon s'interroge. Découvrir sa personnalité. Dangereux, sans doute. Mais par contre l'autre parlera-t-il si Kouki se tait ? Il jette les cartes.

— En effet, concède-t-il, je suis son fils Jean.

— Ah ! curieux.

— Pourquoi donc ?

— Je croyais que Perceval n'avait pas de fils.

Les fins sourcils du jeune garçon se braquent, étonnés.

— Qui a bien pu vous dire cela ?

— Danley... Vous vous souvenez, à bord, monsieur Danley ? Oui, il m'a dit cela. Il le tenait lui-même du comte de Kervignys lequel connaissait intimement M. de Perceval...

— Ah ! vraiment… Eh bien, il s'est trompé quand même, affirme Kouki froidement. Jean de Perceval était mon père.

— Notez que je n'en doute pas, jeune homme. J'en ai toujours été persuadé et Danley aussi. Mais alors… pourquoi voyagez-vous sous un faux nom ?

Kouki a un geste d'humeur.

— Après ce scandale financier, auquel a été mêlé le nom de mon père. Je m'étonne que vous me posiez cette question. N'en avez-vous pas entendu parler ?

— Si fait, si fait. Évidemment c'est une question pénible. Je comprends ; mais vous n'aviez pas d'autres raisons…

Brusquement, mais d'une voix neutre, Kouki attaque.

— Pourquoi me parliez-vous tout à l'heure de Jack Balafre ? interroge-t-il.

Les yeux de l'homme s'allument.

— Ah ! vous connaissez donc !

— Tout le monde le connaît là-bas. J'ai assez habité l'Indochine pour en avoir entendu parler. Mais… de plus je m'y intéresse personnellement.

— Pourquoi donc ?

— Je pense que c'est lui qui a assassiné mon père.

Kouki a dévoilé ses batteries. Indifférent en apparence mais le cœur en suspens, il attend. Un sourire froid a détendu les lèvres de son vis-à-vis.

— Je rends hommage à votre finesse, Master Kouki. En effet, en effet, c'est bien Jack Balafre lui-même, de sa propre main, qui a tué votre père, un soir.

— Comment avez-vous cette certitude ? demande Kouki d'une voix blanche.

— Parce que j'ai vu, mon jeune ami, j'ai vu.

— Quoi ?

L'adolescent n'a pu retenir un mouvement en avant, ses yeux brûlent…

Sans se départir de son sourire caustique, Monsieur Delcourtois fouille dans la poche de son pardessus râpé et en tire un étui à cigarettes.

— Fumez-vous ?… Non, tant pis. Moi je fume. Je suis grand fumeur à l'instar de mon cher patron… car Jack Balafre est un fumeur enragé… Ah ! mais oui, c'est comme ça, continue-t-il, arrêtant l'interrogation sur les lèvres de Kouki, Jack Balafre est mon patron. je ne le cache pas, j'en suis presque fier. Avoir travaillé sous les ordres d'un homme de cette espèce c'est une référence.

— J'en suis convaincu, dit Kouki froidement. Alors vous disiez ? Vous avez vu ?

L'homme approche une allumette enflammée de la cigarette qu'il vient de rouler. Il a un hochement de tête satisfait.

— Bien, bien, jeune homme. Vous avez du sang-froid Nous allons pouvoir faire quelque chose d'intéressant… Ce que j'ai vu ? Peu de chose. Ça a été si rapide. Un soir j'introduisis votre père dans un salon particulier. Jack Balafre entra par une autre porte.

Votre père, en l'attendant, avait feuilleté quelques papiers sur la table. Je remarquais que ses sourcils s'étaient froncés brusquement. Sans doute ces papiers lui apprenaient-ils quelque chose qu'il lui aurait été préférable d'ignorer…

Oui, cela lui aurait été préférable, car lorsque Jack entra et qu'il vit votre père avec ces papiers en mains, il tira son revolver et à bout portant. Une balle au cœur, une autre à la tempe… Ah ! c'est un fin tireur, le beau Jack.

C'est donc ainsi que « cela » s'est passé, si vite, si cruellement. Une balle en plein cœur, une balle à la tempe… C'est un fin tireur le beau Jack.

— Il est donc beau, murmure Kouki machinalement.

— Beau ? Qui cela ? Le cher Jack ? S'il est beau, mais vous le savez bien. Un charmeur… Tout le monde l'aime. Allons, allons vous voyez bien de qui je veux parler ?

— Le comte de Kervignys, lance Kouki presque dans un cri.

— Oui, lui-même.

Kouki s'appuie en arrière contre la banquette de cuir.

L'homme continue à l'épier de ses yeux aigus.

— Vous vous en doutiez ? Vous êtes décidément très malin, car en voilà un qui cachait bien son jeu. A bord du *Fortuné* c'était pour moi une perpétuelle stupéfaction de le voir ainsi aimable et charmant car enfin, avec nous ses collaborateurs…

— Ses complices, mâche Kouki hargneux.

— Si vous voulez, jeune homme, si vous voulez… Avec nous c'était le plus arrogant des hommes, traitant les boys à coups de bottes et coups de cravache ; et moi-même j'avoue que pour ma part… Oui, un homme étrange…

Delcourtois fixe le vide avec une vague expression admirative.

— Je le hais, dit-il, mais je reconnais sa puissance et son extraordinaire habileté. Il avait comme on dit le don d'ubiquité. Partout à la fois. Et jamais de « fuites » dans notre bande. Les mouchards et les policiers se savaient condamnés d'avance.

Il darde ses petits yeux fouineurs sur son interlocuteur :

— Comprenez-vous maintenant par quel miracle vous êtes sorti vivant du bungalow de Singapour ? Pourquoi le petit d'Armanville a pu revenir sain et sauf confier à son frère ses explorations au royaume de Jack Balafre. Ah ! Ah ! on l'a laissé passer parce que justement on n'ignorait pas qui était le grand frère. En considération également du grand frère, Danley renonça à vous faire immédiatement exécuter.

Le visage de Kouki est pâle mais sa voix poursuit avec sang-froid son interrogatoire.

— Pourquoi vous êtes-vous embarqué à bord du *Fortuné* ? Sur l'ordre de votre maître ?

— Non… Et même contre son ordre. Il fallait que M. Danley eût bien peur pour exiger de nous une chose pareille. Nous y risquions notre peau, car le Patron n'aime pas ces plaisanteries. Mais Danley nous tenait, Burk et moi, il avait besoin de nous et il a fallu obéir. Attendez, je vais vous expliquez.

Il roula une seconde cigarette et reprit :

— Voilà ! Danley a eu peur lorsqu'il a vu le patron se préparer à partir pour l'Europe avec les petits. Depuis quelques mois quelque chose ne tournait plus rond dans l'affaire. Danley est un des gros bonnets mais pourtant est parmi ceux qui ne sont jamais sûrs de connaître Jack Balafre et de l'avoir vu. C'est un truc du patron… vous savez, l'homme aux cent visages… Il règne comme une force occulte. Enfin, tout à coup Danley s'est mis dans la tête que Jack avait décidé de lâcher sa bande. Riche comme il est maintenant, il ne risque plus rien et même d'aller jusqu'à la liquider avec la police. Monsieur, je n'aime pas parler avec grossièreté, mais vous m'avouerez que pour un chef de bande c'est un beau salopard.

Danley a donc décidé de ne pas lâcher son homme, de le faire surveiller par nous, enfin de l'empêcher de réaliser son plan, car vous verrez qu'il avait flairé juste.

— Mais puisqu'il n'était pas sûr que ce soit Jack Balafre.

— Dans ce cas-là c'était encore plus dangereux. D'ailleurs moi j'en étais sûr. Rien qu'à la façon dont il m'a coincé un soir dans le couloir du paquebot avec un sourire de diable : « Alors, Danley paye mieux que moi ? Vous n'êtes pas prudent. » J'en ai eu froid dans le dos.

— Vous m'avez l'air d'une organisation assez étrange ; on se vend les uns aux autres, on travaille pour le compte d'un même homme et contre lui.

— Je vous dis que depuis quelques mois c'était la pagaille. Des « fuites » inouïes, des arrestations inattendues. C'était Jack qui liquidait, je comprends maintenant, et qui s'arrangeait pour en sortir blanc comme neige. Ah ! Danley avait raison.

— S'il vous plaît, interrompt Kouki, pourriez-vous m'éclaircir sur un point ? Qui donc m'a assailli dans ma cabine, à l'escale de Singapour ?

— C'était nous, dit le désagréable petit homme avec un

rire bas, sur l'ordre de Danley. Nous avions mission de vous reprendre un certain livre rouge, qui contenait deux papiers précieux.

— Deux adresses.

— Oui, l'une de la main de Jack Balafre et l'autre recopiée par la main de Danley, qui avait pensé s'en servir en France pour espionner le patron. Il valait mieux que Jack ne risque pas de connaître ses intentions. On vous les a repris.

— Serait-ce vous qui avez la poigne si dure ? grogne Kouki vindicatif.

Mais Delcourtois secoue la tête avec un sourire onctueux.

— Oh ! non, soyez tranquille, jeune homme. je ne suis pas un brutal de mon naturel. Je fais les choses en douceur. On me charge des besognes délicates : enquêter, fouiller...

— Oui, Danley avait raison, reprend l'homme sombrement. Et pourtant il ne s'est pas assez méfié encore puisque le voilà bel et bien sous les verrous. Moi, j'ai pu m'échapper à temps. Depuis Marseille j'erre, sans le sou, dans ce sale pays. On me traque. A Cholon, à Shanghaï j'en serais sorti ; j'étais connu, je m'entends avec la population. Mais en France, difficile... Même à Montmartre où j'ai été garçon de café jadis, j'ai trouvé visage de bois. La bande a reçu un coup terrible là-bas... il y a eu des arrestations en masse ; on est désorganisé.

Le bandit a perdu son expression doucereuse et jette autour de lui des regards traqués.

— Alors je vais là-bas en Bretagne, chez Jack. Il apprendra qu'on ne se vend pas dans le « milieu » et si je dois y rester je l'entraînerai avec moi.

— Que comptez-vous faire ?

— Je ne sais pas encore mais ce que je sais, c'est que j'ai eu une fameuse chance de vous rencontrer... Aussi bien j'avais l'idée que je vous rencontrerais, Danley s'était intéressé à vous et pensait que vous aviez de bonnes raisons de ne pas aimer Jack Balafre.

Il se frotte les mains tout à coup et reprend son air bénin :

— Voulez-vous m'aider, jeune homme ?... Bonne occasion de venger votre père et de réclamer quelques comptes supplémentaires.

— Oh ! je suis prêt, dit Kouki tendu. Je suis prêt depuis longtemps.

Delcourtois continue à se frotter les mains.

— Parfait... Parfait... Cela ira tout seul. Puisque nous formons association, permettez-moi de me présenter : Germain Pilon, comme le sculpteur... Oui monsieur. Je vous le disais tout à l'heure : j'ai été garçon de café à Paris, il y a à peu près vingt ans. C'est un métier qui comporte beaucoup de petits à-côtés. J'avais des capacités pour ces à-côtés et j'ai été peu à peu entraîné vers le royaume des trafiquants. Ah ! c'est absolument magnifique de travailler dans ces pays-là. Ah ! l'atmosphère de Shanghaï, de Cholon, mieux encore de Hanoï, Saïgon !...

— Avez-vous un plan ? En quoi pouvez-vous m'aider, interrompt brusquement Kouki.

— Ne vous fâchez pas jeune homme, ne vous fâchez pas, je vous en prie, dit Germain Pilon conciliant, et parlons donc affaire puisque vous le désirez. Eh ! bien, voyons... Hum... tout ceci est délicat mais pas impossible à réaliser. Je songe à m'emparer de certaines lettres que Jack Balafre a encore en sa possession et qui constitueraient un dossier accablant pour lui, si une main attentionnée, la vôtre, par exemple, se chargeait de les remettre sous le nez de la police.

— Mais peut-être les a-t-il détruites.

— Non, elles existaient encore à bord du *Fortuné*. Ce serait une faute de sa part de les détruire. Il est trop malin pour ne pas réserver l'avenir, je le connais.

— Et qu'allons-nous faire pour entrer en leur possession ?

— Enfantin. Vous vous rendez chez lui. Il sera enchanté de revoir son jeune ami. Une fois sur place vous ouvrirez vos yeux et vos oreilles et vous m'introduirez un beau soir dans le cabinet de travail de ce monsieur. Ensuite je me charge de tout... J'espère que la société me saura gré du service que je lui aurai rendu en lui livrant une tête mise à prix...

— Entendu. Nous réglerons les détails sur place... Bonsoir, dit soudainement Kouki, qui n'y tient plus.

Il se jette dans le couloir avec l'impression de manquer d'air. Appuyé de nouveau à la fenêtre, il regarde l'aube se lever sur la campagne frileuse.

*
* *

XIV

Pourquoi j'ai tué votre père

Une haute psyché dans son massif cadre de bronze, renvoie à Master Kouki son image.

— J'ai vraiment, l'air fou ou désespéré, se dit-il vexé. J'aurais dû me reposer avant de venir ici. Dormir un peu, me détendre. Si "il" allait se douter de quelque chose…

Tout à l'heure une vieille femme dont l'étrange coiffe bigouden l'a étonné, a introduit Master Kouki, en disant qu'elle allait quérir « M'sieur Pierre-Yves ».

Elle avait, en prononçant ce nom, un sourire large qui traduisait éloquemment tout ce que ce « M'sieur Pierre-Yves » représentait pour elle d'admirable ; le dévouement et l'affection éclataient sur son visage ridé.

— M'sieur Pierre-Yves…

Kouki frissonne… heureusement il a à l'extérieur un allié pour qui il ressent une profonde antipathie, mais dont la présence est quand même rassurante… C'est tellement désert ici, au bout du monde.

Dehors la bourrasque hurle, la pluie fouette les petits carreaux de couleur des hautes fenêtres en anses de paniers…

Et ce grondement sourd, tout proche, c'est celui de la mer déchaînée au pied de la falaise.

Ce matin, après quelques heures de marche par un sentier à peine tracé au milieu des bruyères, Kouki a débouché en ce lieu de solitude pesante et farouche.

Sous le ciel tourmenté se dressait le vieux manoir, tant aimé de Pierre-Yves, bâti de pierres grises soutachées de lichens roux. Une vieille demeure splendide de cette curieuse Renaissance bretonne, contemplant orgueilleusement le vaste horizon marin.

Sur la gauche quelques pins forment un boqueteau parfumé à la résine. Le reste est de bruyères et d'herbe jaune, salée, avec quelques tourelles blanches ici ou là à travers la plaine, car c'est le pays des amusants petits moulins couleur de miche, dont les ailes noires dressées comme de grands bras tournent encore lentement les jours de tempête…

Oui, tout est bizarre, un peu nostalgique, et cet enfant de la jungle et du soleil qu'est Master Kouki en ressent peut-être plus que les autres, par contraste, l'inhumaine poésie.

Il attend. Il se surprend à crisper ses deux mains l'une contre l'autre.

— Ce vieux Master Kouki, dit tout proche la voix familière et ironique.

Pierre-Yves est derrière lui.

— Je vous attendais. Comment va?... Vous n'avez pas bonne mine, vous savez, et l'air plutôt transi.

— C'est que je suis pas encore habitué au pays, balbutie Kouki déconcerté. Bonjour! Vous allez bien?

Mais le comte fixe sur lui un regard attentif, un peu inquiet.

— Prenez garde de ne pas prendre mal, garçon. Venez donc dans mon bureau, il fait glacial ici.

Un bras passé autour des épaules de son jeune ami, il l'entraîne au premier étage, par un escalier de pierre.

« Il n'a pas changé, songe Master Kouki. Il a l'air plus heureux qu'autrefois, comme délivré... »

— Nous voilà chez nous, dit Pierre-Yves avec satisfaction.

Une pièce spacieuse et claire, une immense cheminée armoriée où un bon feu flambe d'un air guilleret, quelques délicates faïences de Hué fleuries de bruyères, et de riches tableaux et meubles anciens, composent un ensemble d'un luxe seigneurial et intime.

— J'ai toujours beaucoup aimé cette pièce où tant de seigneurs de Kervignys ont travaillé et médité depuis tant de générations, dit Pierre-Yves. Asseyez-vous donc, cher vieux Master Kouki. Je suis diablement heureux de vous revoir, savez-vous... Asseyez-vous donc là dans ce fauteuil, près du feu... réchauffez-vous. Je vais sonner la vieille Marjeannik et elle va vous servir un de ces cafés au lait de bonne tradition qui vous remettra.

Kouki obéit en silence. La bonne chaleur le pénètre.

Mais la vieille Bigouden qui l'a introduit tout à l'heure,

vient de pénétrer dans la pièce portant un plateau fumant. En un clin d'œil Kouki se voit attablé devant un bol plantureux, des œufs à la coque, une pile de crêpes et de la confiture de cerises.

— Alors !... c'est donc un camarade de Monsieur Alain, fit la bonne femme souriante et cordiale. Ma Doué, que cela fait donc plaisir de revoir des jeunes gens dans cette maison ! Ah ! Monsieur Pierre-Yves depuis que vous voilà revenu, ça m'a rajeunie de dix ans. Et quand les petits seront là ! Ma Doué, ils vont avoir grandi ; ils ne reconnaîtront plus leur vieille Marjeannik...

— Tiens au fait, ils ne sont pas là les quatre diables ? s'informe Kouki réconforté par le café au lait brûlant et la présence de l'accorte paysanne.

— Non, ils arriveront sans doute dans cinq ou six jours.

— Doux Jésus, reprend Marjeannik en joignant les mains, ces vieux murs n'en reviendront pas de les entendre rire et crier à nouveau...

— Ça pour les cris vous pouvez être tranquille, dit Kouki en riant. La Gazelle et la Puce d'Argent ont le gosier solide. Mais vous verrez, ils sont si gentils.

Oui, si gentils. Et il les revoit, les quatre diables, avec leurs joues brunes, leurs yeux d'un bleu liquide si semblables à ceux de Pierre-Yves, leurs cheveux légers, nacrés comme un sable de belle plage.

Les quatre petits diables poussant, rieurs, tendres et sensibles, à l'ombre du grand frère.

« Qu'importe ? se dit Kouki farouchement. Les cartes sont jetées. Il faut jouer la partie. »

*

Le jeune garçon ouvre la porte du bureau avec précaution et s'efface pour laisser passer Germain Pilon.

— Voilà, c'est ici, dit-il à voix basse. Faites votre affaire et vite. Pour moi je vais tâcher d'occuper en bas, M. de Kervignys.

— Môssieur de Kervignys dit l'autre avec un rire étouffé, vous ne lui refusez rien, jeune homme. Enfin à votre aise. Rien à craindre des domestiques ?

— Non, le petit valet couche à la ferme de ses parents. Les deux vieux Bretons logent dans une autre aile du château.

— Parfait, parfait…

Le petit homme fait jouer le commutateur et inspecte rapidement la pièce.

— Voici mon affaire, reprend-il, s'arrêtant devant la table de travail et frottant l'une contre l'autre ses mains jaunes. Je veux que la société prenne ma tête si je ne trouve pas là de quoi lui offrir celle de Môssieur de Kervignys. Comptez sur moi jeune homme. Le travail de Germain Pilon est du travail bien fait.

Allez donc bavarder avec le cher Jack et arrangez-vous pour qu'il me laisse en paix une petite demi-heure. Je me charge du reste.

Il s'assied devant l'un des tiroirs : « Ces tiroirs anciens, murmure-t-il, c'est absolument passionnant ». Il choisit avec soin un instrument de métal dans une petite trousse.

Kouki, debout près de la porte le regarde avec une sorte de dégoût vaguement amusé. Il devine qu'il a devant lui un voleur né, un dilettante du crochetage de serrure et de la rapine.

« Triés sur le volet les hommes de Jack Balafre. Tous des spécialistes du genre », se dit-il, se rappelant certaines réflexions entendues jadis.

Sans bruit il referme la porte et se trouve seul dans l'immense vestibule sonore et froid.

Par la haute fenêtre ouverte, un rayon de lune glisse sur les dalles et le grand chuchotement doux de la mer vient jusqu'à lui.

La tempête de la veille, s'est apaisée au matin, laissant quelques branches cassées dans les allées et dans l'air une fraîcheur hivernale.

Maintenant la nuit est venue.

A pas lents, l'adolescent descend les marches du grand escalier ; il voudrait ne penser à rien, oublier l'homme là-haut, suspendre le destin et redevenir assez pur et confiant pour savourer la nuit splendide.

Un piano chante soudain, emplit la demeure endormie d'un ruissellement sonore, puis s'apaise et les notes l'une après l'autre, nostalgiques, tombent dans le silence comme de grandes gouttes d'eau azurées.

Kouki immobile, reconnaît le Clair de Lune de Debussy, fluide, rafraîchissant, à facettes d'argent, imprégné d'une peine légère étrange et prenante…

Il a envie, encore une fois, de pleurer comme un enfant et de mourir.

Par la porte ouverte du grand salon il aperçoit Pierre-Yves au clavier et son fin profil penché, tout éclairé de lumière blanche.

Le jeune homme joue avec une sorte de passion rêveuse regardant au loin.

Mais sans cesser de jouer, il appelle :

— Est-ce vous, Master Kouki ? Ne restez pas dans l'ombre. Venez là.

Le jeune garçon obéit machinalement et s'accoude au piano. Pierre-Yves l'observe et sur ses lèves erre son indéfinissable sourire.

— Pourquoi ne voulez-vous pas me confier votre secret. dit-il soudain, à mi-voix.

Les yeux de Kouki s'allument dans l'ombre comme deux étoiles.

— Mon secret.

— Oui, votre secret. Qui êtes-vous et qui cherchez-vous en moi ? Ne suis-je pas votre grand frère ?

Effleurant à peine le clavier les longues mains robustes continuent à verser la fluide mélodie, balancée comme un chèvrefeuille au vent du soir.

Kouki soupire, la bouche entrouverte comme s'il manquait d'air.

— Je n'ai pas de secret, murmure-t-il oppressé.

Instinctivement il recule.

— Vraiment ?

Le rire bref de Pierre-Yves traverse le soudain silence. Ses mains restent un instant immobiles puis se reposent sur les touches et de nouveau tout alentour est musical et tendre.

L'homme continue de sourire en regardant Kouki.

— Qu'importe, murmure-t-il enfin, qu'importe, pauvre enfant ! Je le connais depuis si longtemps votre secret... Et vraiment, je trouve que vous avez un cran admirable, jouer une pareille comédie, se lancer dans une aventure plus que dangereuse et la poursuivre cependant jusqu'au bout malgré bien des avertissements... Oui, c'est beau, c'est courageux pour un petite jeune fille d'à peine seize ans...

Kouki tressaille avec violence, se recule encore, entre dans l'ombre.

— Anne-Rosenn de Perceval, dit Pierre-Yves presque à voix basse, c'est bien là votre nom, n'est-ce pas ?

Il continue à jouer mais son regard ne quitte pas la mince silhouette immobile. Il rit à nouveau mais avec gentillesse.

— Allez-vous bondir sous la lune, petite panthère ? Comme vous êtes sauvage et farouche !... Ça se dit Master Kouki, mais au fond fragile quand même. Vous étiez pourtant bien à l'aise dans votre rôle de jeune diable, à bord du *Fortuné*, la langue leste, la répartie prompte, insolent, insouciant... Bien amusant, n'est-ce pas de jouer au garçon pour de vrai, garçon manqué que vous êtes ; comme si je n'avais pas assez de ma Gazelle ?...

— La fille de Jean de Perceval redit-il encore.

Mais un nuage passe sur sa physionomie.

— Oui, oui, Danley, j'avais raison, Jean de Perceval n'a jamais eu de fils, mais par contre il avait une fille, un vrai chasseur de tigre, mon cher… un petit chat de la jungle ; vous aviez raison de vous méfier de lui, Danley ; c'est très dangereux une enfant de cet âge quand elle a quelque chose de bien déterminé dans la tête…

Il referme le piano et reprend sa voix de grand frère :

— Allons, allons, il ne faut pas s'émouvoir, mon petit. Tout cela aurait pu être plus grave : mais dans quelle aventure vous êtes-vous lancée ?! Votre inconscience dépasse tout ce que je pouvais imaginer sur la sottise des moins de seize ans… C'est vexant ce que je dis là, hein ?…

Il a son clair sourire, si jeune.

— C'est vexant, mais avouez que c'est un peu vrai. Une enfant de seize ans qui n'a pas deux sous d'expérience et qui part en guerre contre Jack Balafre ; car c'était là votre but d'après ce que j'ai fini par comprendre. Contre Jack Balafre… Rien que ça… C'est inimaginable ! Vous auriez dû y rester cent fois.

Il hausse les épaules et s'interrompt pour allumer une cigarette.

— Mais enfin, reprend-il, que vouliez-vous ? Que cherchiez-vous ? Vous ne savez pas qui je suis…

— Si, crie-t-elle vous êtes celui qui a tué mon père.

Il la regarde, cherchant à voir son visage.

— Comment pouvez-vous savoir, murmure-t-il. Qui vous a dit ?

Mais il s'aperçoit qu'il est soudain seul.

*

La nuit froide, parfumée aux algues fraîches, aux pins sylvestres, au romarin l'accueille et pose sa caresse sur son front trop chaud.

Elle s'avance jusqu'au bord de la falaise et s'assied en face de l'immense horizon d'argent.

Elle revoit le bungalow de la montagne, où il y avait jadis cette même petite fille, brûlant de l'encens à la lune, en robe chinoise jade et or.

Cette petite fille courant à travers les allées et qu'on appelait déjà avec une vague terreur amusée : « ce diable de Master Kouki ». Treize ans, fine et sauvage, galopant à cheval entre ses deux amis Patrick et Olivier.

Quatorze et quinze ans. Son père l'emmène plus souvent avec lui. Elle apprend à le connaître. Maître d'un empire commercial, il se déplace en avion privé. Avec lui elle participe à des chasses au tigre, court les fêtes somptueuses, empanachées de feux d'artifices, à la Cour de l'empereur d'Annam.

Et puis elle se revoit agenouillée sur les dalles près du corps sans vie : son père, son père assassiné.

Alors s'impose à sa mémoire une scène décisive.

Un miroir, une haute psyché en laquelle se reflètent les soies brochées vertes et or des paravents et des meubles massifs et sombres du salon du bungalow.

Tout le silence et la lourde tristesse de la pièce déserte semblent s'être réfugiés dans cet immobile regard, aux profondeurs de feuillage.

Puis soudain, un point clair vient d'y naître, grandit, s'approche, envahit le miroir.

Du fond de la salle, c'est elle qui s'est avancée lentement vers la glace, vêtue d'une longue robe chinoise blanche, brodée de fleurs roses. Les boucles noires tombaient sur ses épaules, encadrant son visage qui lui apparut comme d'ivoire lisse et doré. Les yeux sombres l'impressionnèrent. Ils l'adjuraient sans pitié. Ne lui accordaient aucune rémission.

Elle se souvient de ce moment d'affrontement avec elle-même qu'elle a vécu comme une sorte de rêve presque en état d'hypnose, alors que se levait en elle, comme une flamme, la volonté farouche de punir, de ne pas accepter lâchement comme inéluctable, l'ostracisme du crime, de ne pas laisser se refermer mollement sur cette plaie béante de la tragédie la boue de l'indifférence, le marécage de l'oubli.

Accomplir cela !

Sinon impossible de survivre, sinon, elle, la fille de Jean de Perceval n'a plus aucune signification. Et la vérité s'impose : Il n'y a qu'elle pour mener à bien cette tâche.

Et de la profondeur du miroir comme celle d'un miroir magique où elle percevait son reflet, un fantôme implacable, semblait lui crier « Toi seule ! Tu le dois, tu le peux ! » Elle se souvient. Pour rompre le charme elle a secoué résolument ses boucles folles tandis qu'un sourire douloureux, qu'elle ne se connaissait pas étirait ses lèvres.

— Anne Rosenn de Perceval, a-t-elle murmuré.

Et ce nom lui parut venir d'ailleurs, flotter, s'évaporer, se fondre dans le silence.

Elle a eu un cri.

— Bac Ling-Tsaï.

Contrastant avec sa fraîcheur et sa jeunesse, un autre visage a émergé près d'elle, celui d'un vieil Annamite, au teint couleur de mastic et au regard dévoué.

— Ling-Tsaï, coupe-moi les cheveux.

Avec un bruit léger les ciseaux ont fait leur œuvre dans la toison bouclée, dégageant les oreilles et la nuque mince.

Rapidement Anne-Rosenn rejette son kimono fleuri.

Et se refléta dans la glace, plus proche, la silhouette d'un jeune garçon, vêtu de blanc à l'européenne et dont la voix s'élevait volontaire.

— Désormais Ling-Tsaï, Anne Rosenn de Perceval a disparu.

Je suis Master Kouki et je pars venger mon père.

*

Cela s'est passé ainsi… mais quand donc ? Dans quelle autre vie ?

En cet instant dans la situation désespérée où elle se trouve dans la nuit, recroquevillée au bord de la falaise, cela semble irréel !

Aucun lien entre cette image d'elle-même qu'elle a contemplée dans le miroir, si sûre d'elle, presque triomphante déjà, et l'impression d'échec, plus, de déroute qui, l'accable. Qu'est-il arrivé qui, sans qu'elle en ait conscience, peu à peu a émietté sa force ?

Qu'a-t-elle vécu qui a détruit sa certitude ? Entravé son élan ?...

A quel moment a-t-elle senti en elle, cette division déchirante, cet écartèlement en ce qu'elle fut et ce qu'elle était en train de devenir ?

Était-ce, là-bas, au cimetière ?...

Devant les tombes où s'inscrivaient les noms des Perceval ?

Que cette Bretagne est donc triste, grise et la mer hostile avec son grand souffle lugubre dans les rochers !

Ne vient-on pas ?... Qui s'avance là ?... Non, il n'y a personne ! Et brusquement un élan la met debout... Germain Pilon !... Là-haut, forçant les tiroirs avec dilection !

Peut-être « l'autre » l'a-t-il déjà surpris ?

Kouki se précipite vers le manoir et pénètre dans le vestibule obscur. De vagues lueurs viennent d'une pièce où brûle un feu... Un bruit léger au fond du hall... Le comte de Kervignys apparaît, refermant la porte derrière lui. Son expression est soucieuse. Le cœur de Master Kouki saute. Elle comprend qu'il l'a recherchée à travers la maison, aux abords.

Soudain il s'engage dans l'escalier qui mène aux étages. A pas silencieux de panthère elle a gravi les marches derrière lui. Que va-t-il arriver ?...

Et la porte du bureau s'est brusquement ouverte sur une exclamation étouffée de terreur :

— Ah ! Jack !

Alors, plus lentement, rasant les murs, elle s'est glissée jusqu'à cette porte ouverte.

Les deux hommes sont là, face à face.

Pierre-Yves le visage figé dans sa colère froide, terrible ; l'autre tournant le dos au couloir, et manifestement effrayé.

— Ah ! vous voilà donc, Pilon, dit enfin le comte d'une voix métallique que Kouki ne lui a jamais connue. Je me demandais où vous étiez passé ? Que faites-vous ici ? Comment avez-vous pu pénétrer ?... Ah ! je vois, vous vous livrez à vos petites besognes favorites. Aviez-vous peur de perdre la main depuis la liquidation de la bande ? Je me demande ce qui peux bien vous intéresser ici ?... Pensez-vous y trouver le trace de vieux souvenirs ?...

Il fait quelques pas et imprudemment se penche vers la table où des feuilles sont éparses.

Germain Pilon ramassé sur lui-même guette les larges épaules en face de lui et Anne-Rosenn, immobile dans l'ombre, le cœur battant, voit la main du bandit glisser rapidement vers la poche de son veston et en sortir un revolver.

Plus prompt que sa pensée un élan l'a jetée sur le petit homme, le ceinturant de ses bras et de ses jambes nerveuses ; il trébuche, tombe à terre, l'entraînant de son poids, il y a un instant de lutte brève ; mais déjà elle sent retomber sur elle le corps lourd de Germain Pilon ; près de son visage, sur le tapis, la main maigre, hors de la manche élimée, s'ouvre vague et blanche et laisse échapper l'arme.

Elle entend la voix calme de Pierre-Yves :

— Ouf ! J'aurais dû me méfier. Quel idiot je suis ! On me prendrait pour un apprenti… Enfin, j'espère qu'il a son compte pour un bon moment.

Soulevant l'homme qu'il vient d'assommer de son poing redoutable, il dégage Anne-Rosenn et elle voit se pencher vers elle un regard affectueux :

— Pas de mal, vous ?

Il l'a aidée à se relever, remettant d'une caresse la chevelure en désordre.

Il touche du bout du pied le corps étendu.

— Enfin fini Germain Pilon, fini Germain la Fouine, finie ta vie de vieux filou… Qui de droit s'en occupera demain.

Calme toujours, vaguement souriant, il va au bureau, tire d'un tiroir quelques cordelettes de soie et s'en sert pour lier solidement les membres du bandit.

— Et voilà, dit-il se redressant ;

Mais il s'immobilise.

Anne-Rosenn, très pâle, braque sur lui, le revolver de Germain Pilon…

Un instant déconcerté, le comte de Kervignys a vite repris son sang-froid.

Il se met à rire.

— Hé là ; Master Kouki, auriez-vous l'intention de me faire un mauvais parti, vous aussi ?

Sous ce rire, l'espèce de vertige qui vient de saisir Kouki se dissipe.

Incapable d'un geste, d'une pensée, elle voit Pierre-Yves venir à elle, prendre le revolver et le glisser tranquillement dans sa poche.

Les mains de Kouki désarmée retombent. Une grande lassitude l'envahit, ses yeux se ferment chassant deux larmes enfantines.

C'est fini. L'aventure est finie… Master Kouki est vaincue.

— Pauvre petit camarade, dit encore Pierre-Yves.

Il s'est assis sur le bras d'un fauteuil et, la prenant aux épaules, l'attire vers lui.

C'est Pierre-Yves, ce n'est que Pierre-Yves et la joue de l'adolescente en larmes, s'abandonne machinalement contre sa tempe aux cheveux gris.

— Enfant sauvage, dit-il avec son indulgent sourire, petit chasseur de tigre…

— Pourquoi, gémit-elle, ah ! pourquoi avez-vous tué mon père ?

Alors il soupire profondément.

— Oui, il faut que vous sachiez maintenant. Vous aurez du courage, n'est-ce pas, Master Kouki ?…

Écoutez. J'ai tué votre père parce que c'était un homme terrible et redoutable.

Il portait un beau et vieux nom français de Perceval, mais dans le monde des aventuriers on l'appelait : Jack Balafre…

*

*   *

XV

Et il parla en regardant la flamme

Dans le silence qui tombe, on entend la mer soupirer… de ce soupir intermittent, infatigable qui semble la délivrer d'on ne sait quelle mystérieuse angoisse.

— Que dites-vous ?

Anne-Rosenn regarde autour d'elle, écoutant résonner l'étrange révélation, s'étonnant de ne pas la nier et d'accrocher déjà, sur le visage impénétrable de son père le masque rouge de Jack Balafre.

Elle dit cependant, parlant toujours d'un ton de rêve :

— Ce n'est pas vrai.

Pierre-Yves se lève.

— Pas vrai ? Mais tenez voici des preuves, ces papiers, ces lettres. Vous reconnaissez bien l'écriture de votre père. Mais oui, n'est-ce pas ?… Alors lisez, lisez donc, mon petit, vous comprendrez vite bien des choses mystérieuses.

Jean de Perceval, ah ! Jean de Perceval, murmure-t-il avec une horreur contenue, l'homme maudit de toute ma vie... celui au nom duquel vous alliez me tuer tout à l'heure, comme s'il devait, mort, continuer ses crimes. L'homme maudit...

C'est de son père qu'il parle ainsi, de son père !

Il voit fixés sur lui les grands yeux noirs.

— Venez, dit-il, nous allons causer et parler de tout ce la. Mais ne restons pas ici.

Il lui prend la main et elle se laisse faire, comme mal éveillée d'un rêve.

Dans une chaude pièce silencieuse, Pierre-Yves se penche vers la cheminée et ranime le feu éteint. Kouki s'est assise au bord d'un fauteuil, les mains jointes sur ses genoux ainsi qu'une enfant sage.

Et Pierre-Yves parle en regardant la flamme.

— Jean de Perceval, dit-il rêveusement. Je l'ai connu très tôt pour l'horreur de ma vie.

« J'avais huit ans. J'allais au château de La Marée voir ma tante de Perceval avec mon père.

« Nous nous y rendions tous les deux seuls car ma mère ne s'entendait pas avec la vieille marquise et préférait, durant notre absence, voyager dans la capitale.

« Je n'aimais pas ces séjours à La Marée. Ma tante Élisabeth était douce et jolie mais me faisait peur ; la marquise majestueuse et triste, le marquis dur et sévère. Quant à Jean, j'éprouvais pour lui une instinctive aversion. Il était très beau, certes, un genre de beauté un peu féline, mais sa souplesse et son charme même avait quelque chose d'inquiétant; l'on sentait déjà chez lui ces qualités d'aventurier qui devaient le servir plus tard. »

Kouki lève ses deux mains dans un geste de défense.

— Il a été bon pour moi, soupire-t-elle, il n'a cherché qu'à me rendre heureuse.

Le comte de Kervignys la regarde.

— J'ai souvent pensé, dit-il lentement, que Jean de Perceval n'aima personne au monde jusqu'au jour où il vous tint dans ses bras. Alors il vous a littéralement adorée et, pour vous rendre riche et gâtée, il n'en est devenu que plus amoral. C'était un homme étrange, secrètement passionné mais qui avait été trop adulé et qui avait le goût du mal en lui.

Ainsi du haut de mes huit ans je le regardais avec terreur, quoiqu'il eût pour moi la plus profonde indifférence.

Un soir, sous mes yeux, il tua mon père. Jalousie? Colère?... Calcul?... On ne le saura sans doute jamais. Élisabeth aimait-elle vraiment l'aimable et doux Pierre de Kervignys?... Je ne sais encore. Je n'ai compris de cette tragédie que ce que pouvaient en comprendre mes huit ans.

Ce fut horrible! Surtout immédiatement après le crime. Le marquis était un homme dur, je vous l'ai dit, orgueilleux au plus haut point de son vieux nom sans tache. Lorsqu'il vit mon père mort, défiguré, et son fils devenu en quelques secondes un assassin, il dut envisager dans un éclair l'enquête, les journalistes, les tribunaux, la boue. Son plan fut dressé en un instant. La scène n'avait eu pour témoins que la marquise, Élisabeth qui s'était évanouie, et moi.

Les domestiques ne semblaient pas avoir été alertés par ce bruit. Il tendit de doigt vers son fils et lui dit : « Partez ! Allez-vous en !… Personne ne parlera, mais n'oubliez pas qu'à partir de maintenant vous êtes mort… »

L'autre s'en alla, calme, presque désinvolte, et ne revint jamais…

Si, il est revenu, songe Kouki, jeune et gai comme au temps de son enfance, le cœur plein d'amour et les mains tendues. Et on lui a redit : Allez-vous en ! vous êtes mort !…

— Puis ils ont revêtu le corps de mon père d'un habit de Jean et quand ils ont fait venir leurs gens ils leur ont dit que leur fils venait d'être assassiné. Je ne comprenais plus. J'ai senti qu'il se tramait quelque chose d'horrible contre la mémoire de mon père, j'ai voulu crier. Mais le marquis m'a retenu et je sens encore sa main dure contre ma bouche…

Ensuite… J'ai dû être malade. On me ramena au vieux manoir que j'aimais. Sauvage et breton, je n'avais pas de confident à part mon petit poney Plogoff. Et je me tus.

Aussi bien l'affaire s'étouffa ; les domestiques furent discrets, le nom de mon père à peine prononcé. Ma mère elle-même ne sut jamais la vérité. On lui raconta que Jean de Perceval avait été tué au cours d'un accident de chasse et que son mari avait trouvé la mort dans un accident de chemin de fer qui eut lieu le lendemain du crime sur la route de Paris à Poitiers. Étrange coïncidence, heureuse, disait le marquis avec cynisme, car il y eut en effet quelques morts qu'on ne put identifier. Sinon je devine qu'on l'aurait dit en fuite et accusé du crime.

Tout s’arrangeait donc… Ma mère qui n'avait jamais aimé vivre en Bretagne, alla s'installer à Paris qui convenait mieux à ses goûts mondains.

Et je restais seul, seul à savoir où reposait le corps de mon père, seul à partager un lourd secret avec des êtres frappés à jamais : les deux vieillards et la jeune fille devenue folle.

Lié ainsi à eux, je revins parfois à La Marée.

J’ai grandi, poussé trop vite. J’étais naturellement grave et ce souvenir empoisonnait ma vie d’enfant solitaire. Ma mère se remaria et revint au château. Mon beau-père ne chercha pas à se lier avec moi.

A dix-huit ans j’obtins d’aller continuer mes études à Paris, et alors commença pour moi une vie passionnante. J’avais toujours rêvé de devenir écrivain et ce fut d’abord en dilettante, en observateur curieux de pittoresque que je cherchais à pénétrer dans ce milieu de Montmartre, cette caste à part de mercantis et de gangsters qui déshonore notre capitale mais où l’on rencontre vraiment des types d’humanité inédits. Amusante expérience, excitante, diraient les Américains.

Et comme la nature m’avait doté de deux poings vigoureux et que quelques petites démonstrations de ce genre vous posent parmi les gars de la Butte, je m’aperçus à ma grande surprise, que je devenais extrêmement populaire : « Un p’tit gars auquel on ne touche pas » disait-on, ou encore « Un aristo qui n’a pas froid aux yeux. » Certains chefs de bande allèrent même jusqu’à me faire d’étranges propositions ; j’avais, paraît-il, toutes les qualités nécessaires au métier : pas trop bavard, le don d'embobiner les gens d'un sourire et de cacher son idée, le flair du danger, l'esprit de décision, etc.. Bref j'usais immédiatement de ces qualités précieuses pour me dérober à leurs offres sans trop de casse. Mais tout en continuant à hanter la Sorbonne le jour et les cabarets le soir, je réfléchissais qu'il faut, pour devenir policier, à peu près les mêmes facultés que pour devenir bandit. Et c'est ainsi que pour m'amuser, courir l'aventure, connaître le mystère, le danger, je devins une sorte de détective amateur.

Inutile de vous dire que mes études s'en ressentirent mais mon beau-père, je l'ai dit, se préoccupait peu de moi et se montrait plein d'indulgence pour un étudiant fêtard qui dormait à ses cours, disparaissait des jours entiers pour certaines expéditions qui lui valaient parfois un séjour à l'hôpital…

Pierre-Yves secoue la tête à l'évocation de ces souvenirs.

— Bah ! dit-il légèrement, le jeu était dangereux mais combien passionnant pour un garçon de mon âge qui ne rêvait que plaies et bosses ! Et j'avais de plus l'impression de faire œuvre utile. Je dois avouer que dans ce domaine mes premiers coups d'essai furent des coups de maître ; et voici qu'à son tour la police désira s'attacher ce garçon casse-cou qui risquait sa vie pour l'amour de l'art. Mais j'appris soudainement l'horrible accident qui laissait orphelins quatre pauvres petits diables. Je les aimais bien. J'ai toujours eu pour les enfants un sentiment d'affection très particulier ; j'envie, j'admire leur fraîcheur d'âme, leur sens du merveilleux et cette simplicité qu'on garde si difficilement quand on devient un homme.

Il regarde l'adolescente, il a un sourire triste, soupire et allume une cigarette.

— Enfin, reprend-il, me voici donc à peine majeur, devenu leur tuteur. C'était vivre bien des personnages divers à la fois : un grand frère, un étudiant, un futur écrivain, un policier. Bah ! le romancier Georges Duhamel nous prévient : « Nous avons à vivre beaucoup de visages… » et pour ma part il m'est arrivé dans des circonstances des plus dangereuses de griffonner des vers ou de songer à la poupée que j'offrirais à la Puce d'Argent pour son anniversaire. Plus tard, en Orient, lorsque j'ai mené cette lutte de chaque heure contre Jack Balafre, lutte qui a duré six ans, j'ai trouvé le moyen d'écrire et de faire éditer mes trois premiers livres…

Bref, pour l'instant, j'avais abandonné études et filatures afin de m'occuper des petits. Je songeais à les installer à Paris avec Tante Mauve, à les avoir près de moi lorsque je reprendrais ma double existence. Sur ces entrefaites la police décida de me confier l'affaire de Jack Balafre ; je n'avais pas été sans entendre parler depuis quelques mois de ce bandit, audacieux, puissant, habile et dont les traces criminelles se retrouvaient partout à la surface du globe. La police y laissait des hommes, n'avançait pas… j'aurais à jouer une partie serrée et j'hésitais avant de m'engager dans une pareille aventure ; une nouvelle tâche m'attendait près de mes frères et sœurs et je leur devais de ne plus risquer ma vie à la légère ; d'autre part l'affaire me tentait ; ce fut donc sans donner de réponse définitive, que je commençais à pousser mon enquête ici et là.

Il serait trop long de vous expliquer comment je découvris peu à peu que Jean de Perceval et Jack Balafre ne faisaient qu'une seule et même personne.

Le jeune homme croise les bras et son visage se durcit.

— Je n'avais jamais renoncé à me retrouver un jour face à face avec l'assassin de mon père ; voici que le destin me désignait pour l'abattre ; une telle coïncidence fit tomber mes dernières hésitations, ce n'était plus quelque jeune policier amateur, c'était une des premières victimes de Jack Balafre qui allait désormais le poursuivre implacablement. Je connaissais parfaitement son signalement : un homme de haute stature, cheveux gris, yeux bleus et dans l'idée d'un piège qui pourrait peut-être réussir je me fis au poignet gauche sa cicatrice.

Il relève sa manche et la cicatrice rouge apparaît.

Pierre-Yves se tait quelques instants. On devine combien il a dû, derrière son masque impénétrable, concentrer toutes ses forces d'intelligence et de sang-froid et de quel regard résolu il a envisagé la lutte à poursuivre.

— Mon plan, je l'ai mûri longuement. La comédie devait être jouée sans négliger aucun détail ; et si malgré ma réputation je dus y mêler ma famille c'est que j'avais à faire à forte partie, à un homme qui avait en mains un service de renseignement fort bien monté. Je décidais de partir pour l'Indochine siège de l'organisation, de chercher à y pénétrer d'une façon ou d'une autre et d'y jouer, si je puis dire le rôle du ver rongeur. Mais sous quel prétexte un Pierre-Yves de Kervignys, dont le nom ne serait pas sans attirer les soupçons de Jean de Perceval pouvait-il abandonner un beau jour château, famille et vie facile pour faire partie d'une bande de sordides trafiquants d'opium ? Je décidais donc d'être complètement ruiné, du moins en apparence, me réservant de mettre au courant de mes intentions quelques personnages seulement de la police et de l'Intelligence Service qui devaient me seconder en Extrême-Orient ; d'ailleurs la vie très large de mon beau-père avait déjà donné lieu à bien des propos malveillants et la rumeur publique se chargea vite de la rendre responsable d'un pareil désastre financier ; à mon grand regret il m'était impossible alors de remettre les choses au point.

Sombre comme un pauvre garçon qui se voit du jour au lendemain obligé de gagner son pain et celui de sa nichée, je feignis donc de chercher une place, j'en trouvais une toute prête, un poste en Indochine, employé dans un banque où l'on est généralement bien placé pour voir toutes sortes de gens, et je m'embarquais pour Saïgon. Quelques mois plus tard Tante Mauve vint m'y rejoindre avec les petits. Pauvre Tante Mauve, si paisible, embarquée à son insu dans une tragédie policière ! Mais il m'était précieux de les avoir là ; d'abord je me posais comme soutien de famille et puis…

Il rêve un instant, soupire.

— J'avais besoin de mes petits diables pour me soutenir, m'aider dans cette tension morale de chaque heure. Le grand public ne voit souvent dans ce métier de policier que le charme de l'aventure et du danger ; rarement on songe à la somme d'héroïsme demandé à un être humain qui tout en étant sans cesse, jour et nuit, un « autre » que lui-même doit cependant préserver son « moi » intime.

Pendant plusieurs mois je fus donc un brave employé colonial. Jack Balafre qui, je le savais, m'avait repéré dès que j'eus posé le pied à terre, ne put voir en moi qu'un petit jeune homme assez triste, consciencieux dans son travail et apprécié de ses patrons. Sous son invisible regard j'alignais mes chiffres sans défaillance. Et… je gagnais la première manche !

Le comte de Kervignys a un sourire de triomphe ; ses yeux qui luisent à la lueur des flammes, regardent au loin le déroulement de cette lutte âpre qu'il a menée patiemment dans l'ombre.

— Je la gagnais au-delà de toute espérance. Un soir, alors que je revenais de mon bureau, Tante Mauve m'annonça qu'un visiteur m'attendait sous la véranda, un homme grand, bien mis, distingué. Il était devant moi. Je le reconnus : cheveux gris, yeux bleus, une cicatrice au poignet gauche. C'était lui, lui Jean de Perceval, vieilli sans doute, mais tel cependant que j'en conservais le souvenir… C'était lui, Jack Balafre, et je sentis le bandit, l'homme dangereux sous la parfaite urbanité, comme un chien limier sur une piste…

Il s'interrompit voyant frémir près de lui le petit visage attentif de Kouki.

— Nous étions donc là, face à face, reprend-t-il plus sourdement. Deux ennemis… Le savait-il ? Pourquoi venait-il ?… je pensais parvenir à lui peu à peu, d'échelons en échelons, mais le voir là !... se déranger lui-même !... Sur le moment je l'avoue j'ai eu peur ; cependant je ne crois pas avoir laissé paraître cette mêlée de sentiments contradictoires sur mon visage et je le saluais d'un « A qui ai-je l'honneur ? » plein d'indifférence. Il ne répondit pas tout de suite ; il me regardait venir avec un étrange regard pénétrant. Enfin il parla :

« — Vous vous nommez bien monsieur Pierre-Yves de Kervignys ?

« — En effet.

« — J'ai tenu à venir vous saluer car je suis un de vos parents dont vous vous souvenez peut-être d'ailleurs ; votre cousin Jean de Perceval.

Pourquoi dévoilait-il ses batteries ?... Où voulait-il en venir ?... Terrible vraiment de se demander si chaque mot ne cache un piège et d'avoir à parer les coups sous un œil froid, inquisiteur qui enregistre chaque frémissement du visage. Je me cramponnais à mon rôle de jeune noble ruiné en exil, et je feignis d'abord un étonnement poli puis une grande stupéfaction.

« — Jean de Perceval ?... Parent sans doute de mon oncle le marquis de Perceval.

« — Son fils.

« — Son fils !... Permettez-moi d'en douter, monsieur. Mon cousin Jean est mort depuis des années. »

Il eut ce petit rire froid qui ne gagnait pas ses yeux.

« — Oui, oui, je sais. Mes parents, toujours intransigeants ont été jusqu'à me faire enterrer. C'est leur affaire.

Pour moi, changer de nom eût été bien compliqué… Alors que voulez-vous le fils vit à un bout de la terre et ses parents à l'autre bout vont prier sur sa tombe ; nous ne nous gênons pas. D'ailleurs ne vous tracassez pas, jeune homme je vois que vous n'êtes pas au courant de certaines histoires de famille, et cela n'a aucune, aucune importance !… Croyez ou ne croyez pas que je suis Jean de Perceval ; tout à fait comme vous voulez. Ce n'est pas pour évoquer de vieux souvenirs d'enfance que je suis venu vous trouver…

Il alla jusqu'au store jeter un coup d'œil au dehors puis revint vers moi.

« — Je vous ai remarqué dès votre arrivée à Saïgon, dit-il à brûle-pourpoint, votre nom d'abord m'avait intéressé, mais lorsque je vous ai vu c'est toute votre personne qui m'a intéressé… Oui… Vous êtes grand, bien fait, vous avez des yeux bleus, des cheveux grisonnants étranges à votre âge…

« — J'ai eu une grande frayeur étant enfant ; on dit que ce phénomène se produit souvent.

« — En effet, d'ailleurs cela m'arrange tout à fait. Et puis vous avez également au poignet gauche une cicatrice.

Il releva sa manche presque semblable à la mienne. Je daignais un sourire un peu crispé : « Très curieux vraiment ; mais je ne vois pas… » Il m'interrompit :

« Mais si ! mais si, vous voyez bien. Nous pourrions avoir le même signalement : cheveux gris, yeux bleus, cicatrice au poignet gauche ; qu'en dites-vous ?

Est-ce que cela ne vous convient pas aussi bien qu'à moi ?

« — Certes, mais…

« — Dès que je vous ai vu j'ai senti que je ne trouverais personne d'autre aussi capable que vous de me « doubler » Alors je viens vous proposer une affaire. Mais auparavant dites-moi, avez-vous entendu parler de Jack Balafre ?

Le jeu devenait serré ; je ne pouvais croire à une pareille réussite. Je m'entendis répondre d'une voix neutre que j'étais au courant, en effet, des exploits d'un certain aventurier…

« — C'est moi », dit-il paisiblement.

La jeune Anne-Rosenn soupire et passe la main sur son front. Aux paroles il lui a semblé voir son père ressusciter ; c'était tellement sa façon de parler, à la fois incisive et doucereuse, qu'elle a l'impression qu'il est là, la regardant et disant : « C'est moi ! »

Mais Pierre-Yves poursuit déjà, se retrouvant là-bas, dans la véranda en face de cet homme qui avait détruit son enfance.

— Je n'ai pas sauté en l'air les yeux exorbités, ce n'était pas mon genre ; peut-être ai-je rougi légèrement car mon émotion était sincère. Je pris le temps d'allumer une cigarette : « Ah ! vraiment. »

« — Bravo, dit Jack Balafre, vous êtes exactement l'homme que je souhaitais. Comme vous l'avez peut-être compris j'ai besoin d'un sosie, d'une doublure : or je rencontre un homme qui possède les mêmes signes distinctifs que moi…

« Voulez-vous accepter cette… situation », continua-t-il comme un patron traitant une affaire. Et il me donna quelques précisions sur le rôle qu'il me destinait. Tandis qu'il paraderait au nez de la police l'autre Jack Balafre, à quelque cent lieues de là signerait quelque retentissant méfait... « Un tiers du bénéfice pour vous à chaque affaire réussie et part à deux pour celles dont vous aurez l'initiative... Croyez-moi, cousin, je vais vous rendre riche ! Vous aurez tôt fait de regagner votre fortune et de retrouver la vie luxueuse à laquelle vous avez été habitué » acheva-t-il en souriant.

— Je l'avais écouté sans broncher, mais devant une telle réussite je me sentais envahi d'une joie indescriptible. J'exultai ! Ainsi il était tombé dans mon piège !

Pierre-Yves s'interrompt de nouveau. L'éclair de triomphe qui a illuminé son visage s'éteint brusquement. Devant le masque douloureux, figé, levé vers lui un remords le poigne. Une pitié, une compassion dévorante l'envahissent. C'est la fille de cet homme dont il parle.

Mais il doit aller jusqu'au bout. Il continue d'une voix monocorde :

— Je vis qu'il tenait à moi, aussi je pus me permettre de jouer jusqu'au bout la comédie et de lui répondre avec dignité :

« — J'espère, monsieur qu'il s'agit là d'une plaisanterie. Que vous soyez Jack Balafre ou non m'importe peu ; mais je tiens à vous dire que les gens de ma lignée n'ont encore jamais joué aux gangsters.

« — Je vous arrête, dit-il avec un de ces gestes d'érudit qui le caractérisaient et trahissaient le sang bleu, je vous arrête, un des seigneurs de Kervignys n'a-t-il pas été un des plus fameux pirates que l'on connaisse, sous notre feu roi Louis XV ? » J'acceptais de sourire. En aurais-je encore douté que ce détail m'eût fait reconnaître Jean de Perceval. Décidément je le tenais. Jean de Perceval n'était plus un fantôme, Jack balafre n'était plus un mythe, j'avais pris contact avec l'ennemi : j'avais gagné la première manche. Il interpréta mon sourire à sa façon.

« — Mais oui ! Je ne doute pas que nous finissions par nous entendre. Vous êtes un homme de caractère, peu fait pour végéter dans une misérable situation d'employé. Réfléchissez... Aussi bien Jack Balafre vous aidera à réfléchir ; c'est un homme puissant, vous l'avez déjà entendu dire. Réfléchissez, réfléchissez bien, et venez me voir... Voici l'adresse de mon bungalow particulier. Je vous crois assez intelligent pour que vous compreniez qu'il est inutile et dangereux de parler de tout ceci à qui que ce soit... A très bientôt, j'espère... J'en suis sûr... J'ai mis ma main sur vous. » Il sortit.

Le lendemain je compris le sens de sa menace : sous un prétexte futile ma petite situation à la banque me fut retirée. Afin de ne pas capituler trop vite encore, bien que mon plan fût arrêté, je fis mine de chercher une place, et trouvant partout porte close, je mesurais une fois de plus la puissance occulte de Jack Balafre. En face d'un pareil adversaire je ne négligeais aucun détail... Chômeur, exilé, isolé. Et ce fut en homme excédé, à bout, que je me rendis au bungalow de Kendi et que je me fis annoncer au banquier Jean de Perceval.

Alors que j'attendais sous le péristyle, je vous aperçus pour la première fois, Master Kouki : une fillette, en robe chinoise, agenouillée sur les dalles, des citrons écorcés autour d'elle et buvant avec trois pailles dans trois verres de limonade.

Kouki se souvient... Pierre-Yves a dit, là-bas dans le petit salon vert et or : « Vous me rappelez une petite fille... la petite fille d'un homme très méchant... »

— Ainsi, reprend le comte de Kervignys, je devins un second Jack Balafre. Vite au courant des affaires d'ailleurs ; les gars de Montmartre avaient raison ; je possédais les qualités nécessaires ; j'organisais des ventes d'opium, des expéditions de poison, je trempais dans maintes histoires répugnantes, j'eus à mes ordres des Danley, des Burk, des Germain Pilon. Certains voyaient en moi le Maître et d'autres ce que j'étais réellement, son double, son lieutenant, mais aucun n'en était tout à fait sûr et je leur devins aussi puissant et à craindre que l'autre... Et chaque jour, patiemment, je resserrais autour de Jack Balafre et de son immense organisation, un invisible filet, chaque jour pendant des mois, des années, au milieu d'incessants dangers, ayant en mains la moitié de son pouvoir, je tissais la trame qui devait le perdre...

Pierre-Yves fait quelques pas dans la pièce, s'arrête devant la fenêtre et continue, le dos tourné, les yeux fixés sur le noir environnant.

— J'allais atteindre mon but, je tenais toutes les ficelles du dernier acte ; encore quelques mois et je serais victorieux. Lorsqu'un soir il se fit introduire à l'improviste dans mon bureau secret ; j'avais eu l'imprudence de m'éloigner un instant, laissant en vue quelques papiers assez compromettants. Quand je rentrais je vis à son regard qu'il était trop tard, qu'il avait compris, qu'il me soupçonnait pour le moins. Alors, en un éclair, je l'ai tué. A bout portant ; une balle en plein cœur, une autre à la tempe ; je n'ai jamais manqué mes coups, lui non plus. En cet instant c'était lui ou moi ; au plus rapide… Mort il gardait cette expression d'ironie étonnée qu'il affichait souvent. Sa vie avait été un chef-d'œuvre de prudence hardie et de ruse brutale, mais il ne croyait pas qu'il y eût sur la terre des cœurs honnêtes et il en mourut.

Le jeune homme appuie son front contre la vitre et parle plus doucement.

— Certes, j'ai eu pitié de vous alors… J'ai revu la drôle de petite fille qui buvait trois limonades avec trois pailles sous la véranda… J'ai fait tout ce qu'il était en mon pouvoir pour vous secourir. J'arrêtais, en reprenant la banque de votre père, le désastre financier qui avait suivi sa mort suspecte et certaines révélations scandaleuses bien que justifiées sur sa douteuse personnalité. Un homme dont le nom ne devait rien à personne et que j'avais eu l'occasion de tirer discrètement des griffes de Jack Balafre, Marcel Borsi consentit, sur ma demande, à s'occuper de vous.

Pour moi, ma tâche n'était pas encore terminée, les événements se précipitaient. L'organisation des marchés clandestins de Jack Balafre s'effondrait peu à peu, mais le coup définitif devait se frapper en France et je décidais de m'embarquer avec les petits : je n'avais plus rien à faire d'intéressant à Saïgon et on aurait besoin de moi là-bas. Mais c'est alors que quelques-uns de mes… « collaborateurs », Danley entre autres, commencèrent à avoir des soupçons ; je reconnais d'ailleurs que ce n'était pas trop tôt. Et, au moment de mon départ pour la France, Danley, de plus en plus inquiet de mes agissements, s'embarqua sur Le *Fortuné* afin de ne pas me perdre de vue… Je lui causais une première déception ce jour-là ayant été brusquement retenu par monsieur. Borsi qui m'annonçait votre disparition.

« — On raconte, a dit Ling-Tsaï, on raconte que la fille de Jack Balafre a disparu.

« — Tiens ! il a donc une fille ? » s'est étonné Kouki.

Et c'était d'elle-même qu'elle parlait, d'elle-même !

— A Singapour, laissant Borsi se débrouiller avec l'invisible Mademoiselle de Perceval, que je venais de retrouver sans m'en douter sous les traits de Master Kouki, je rejoignis donc *Le Fortuné*. J'y rencontrais Danley et deux hommes de la bande, Burk et Pilon, pleins de doutes à mon égard, et continuant, cependant, à redouter en moi le terrible Jack.

Au fond cela m'arrangeait plutôt de les avoir sous la main, mais ma situation devint extrêmement épineuse entre eux et ce petit Master Kouki qui se mêlait de mes affaires sans que je sache pourquoi et menaçait de tout embrouiller…

— Ling-Tsaï, souffle Anne-Rosenn.

— Comment ?

— Ling-Tsaï. C'est vous qui l'avez fait assassiner ?

Le jeune homme reste un instant silencieux.

— Ling-Tsaï est mort, dit-il enfin parce qu'il savait trop de choses qu'il ne pouvait pas comprendre.

— Alors c'est vous, c'est vous qui l'avez fait assassiner...

— Non, écoutez-moi Anne-Rosenn, je n'aurais pas voulu cela. Mais un Chinois qui m'était tout dévoué a compris le danger qu'allaient me faire courir les révélations de Ling-Tsaï faussement informé... Je n'ai pu intervenir à temps.

— Pauvre Bac Ling-Tsaï... dit-elle tout bas.

Sa tête s'incline, son buste glisse. Comme une fleur fauchée elle est tombée évanouie devant le feu.

*

* *

XVI

Encore un peu de temps…

Lorsque Master Kouki s'éveilla, ses cheveux noirs avaient repoussé, et bouclaient déjà sur sa nuque brune. Elle prit une mèche soyeuse et la roula sur son doigt machinalement, surprise de ce contact dont elle avait perdu l'habitude. Elle regardait devant elle et elle voyait briller au pied du lit deux étoiles bleues limpides et vacillantes comme de l'eau au soleil. Puis deux autres étoiles s'allumèrent plus loin, bleues, aussi, deux autres encore… Deux autres encore, toutes bleues, toujours bleues.

— Tant d'étoiles si bleues, sourit-elle. On dirait les yeux des quatre petits diables…

— Mais oui, c'est nous, cria une petite voix.

Cela grelotta près du front de Kouki ainsi qu'une sonnette d'argent. Elle eut mal et ferma les yeux.

Mais quand elle les rouvrit, elle les vit très bien, là, tous les quatre : le Prince des Noisettes, la Gazelle, l'Agneau Doré, la Puce d'Argent… Que faisaient-ils là. Et quelle était donc cette chose dont Kouki devait se rappeler, quelque chose de grave, de douloureux qui faisait mal, qui s'était passé depuis très longtemps… ou bien hier… avant le grand trou noir. Ah ! qu'était-ce donc…

Mais Alain s'avança et lui prit la main :

— Bonjour Master Kouki, dit-il d'une voix émue. Comment vas-tu ? Heu !… Comment allez-vous ce matin. Vous nous reconnaissez ?… Enfin ?

Alors Kouki renonça à se rappeler l'autre chose si grave. Il fallait parer au plus pressé ; elle fronça ses fins sourcils et retrouva sa voix gavroche :

— Bonjour cher garçon, dit-elle.

— Mais que signifie ? Depuis quand ne tutoie-t-on plus les copains ?…

Et ils rirent tous, heureux, détendus. Ils avaient retrouvé leur Master Kouki.

« Encore un peu de temps, a écrit Pierre-Yves et il n'y aura plus d'Orient. »

Ah ! vraiment.

« Il n'y aura plus de ciel trop bleu, mais seulement la pluie d'argent sur la campagne… »

Encore un peu de temps… Que passent les douces veillées d'hiver près de l'âtre, les chaudes soirées qui sentent la crêpe blonde… Que passent les jours gris, et le râle du vent dans la bruyère… alors peut-être s'effacera-t-il au loin le souvenir du bungalow mort où personne ne reviendra, et en Master Kouki le désir de la grande jungle ?…

Non ! jamais !

Mais pour l'instant, ne pas penser, se laisser vivre, entourée d'affection.

— Tu as été très malade, dit la Puce d'Argent avec reproche.

Tante Mauve tel un fantôme voilé de couleurs pastels veille à son chevet, se penche, et son doux regard rassure.

*

Oublier ! Et puisqu'on lui a permis d'oublier, attendre…

Savourer le plaisir des jours qui passent, tissés de joies et de tendresse.

Rêver… Espérer que vienne un temps où la bonne volonté des êtres accordera au monde ces plages qu'on imagine sans fin et qui promettent à tous et surtout aux enfants qu'ils auront le temps de vivre, de grandir et d'aimer.

Assez de temps, assez de paix pour que l'on puisse connaître des retours impossibles en des lieux que l'on a quittés à jamais.

Et n'y retrouver que les souvenirs heureux qui gardèrent en secret une partie de votre âme.

Magie de l'éternelle nature, seule fidèle à se renouveler sans décevoir.

Les souffles du vent, les saveurs de la mer, les cris alternés de la Grande Jungle !

*

Attendre !

*

Aujourd'hui, c'est l'hiver !

*

Mais le doux printemps breton reviendra, fleuri de pommiers et Kouki recommencera ses folles randonnées, s'en ira bondir et chanter par les chemins d'or des genêts…

Le vent salé de la lande emmêlera ses cheveux sombres, les quatre diables en farandole, seront ses pages, et, les rencontrant à travers les bruyères roses, le beau cavalier aux cheveux gris sourira.

FIN

Table des matières

Du même Auteur

(A paraître - **copyright A I**)

KITA ALEPH

LE CAILLOU D'OR

ALERTE AU TCHAD

LA CAISSE DE LIMBA

AU PAYS DE DERRIERE MES YEUX

LA PATROUILLE DES SAINTS INNOCENTS

Achevé d'imprimer en mars 1997
sur presse Cameron
par ***Bussière Camedan Imprimeries***
à Saint-Amand-Montrond (Cher)

Dépôt légal : mars 1997.
N° d'impression : 4/243
Imprimé en France